KB271780

낭왕
귀도
원생 新무협 판타지 소설
FANTASTIC ORIENTAL HEROES

낭왕 귀도 6

원생 新무협 판타지 소설

초판 1쇄 찍은 날 § 2013년 5월 28일
초판 1쇄 펴낸 날 § 2013년 6월 4일

지은이 § 원생
펴낸이 § 서경석

편집부장 § 권태완
편집책임 § 박가연

펴낸곳 § 도서출판 청어람
등록번호 § 제1081-1-89호
등록일자 § 1999. 5. 31
어람번호 § 제2-2346호

주소 § 경기도 부천시 원미구 심곡2동 163-2 서경B/D 3F (우) 420-822
전화 § 032-656-4452팩스 § 032-656-4453
http://www.chungeoram.com
E-mail § chungeorambook@daum.net

ⓒ 원생, 2013

ISBN 978-89-251-3307-2 04810
ISBN 978-89-251-3123-8 (세트)

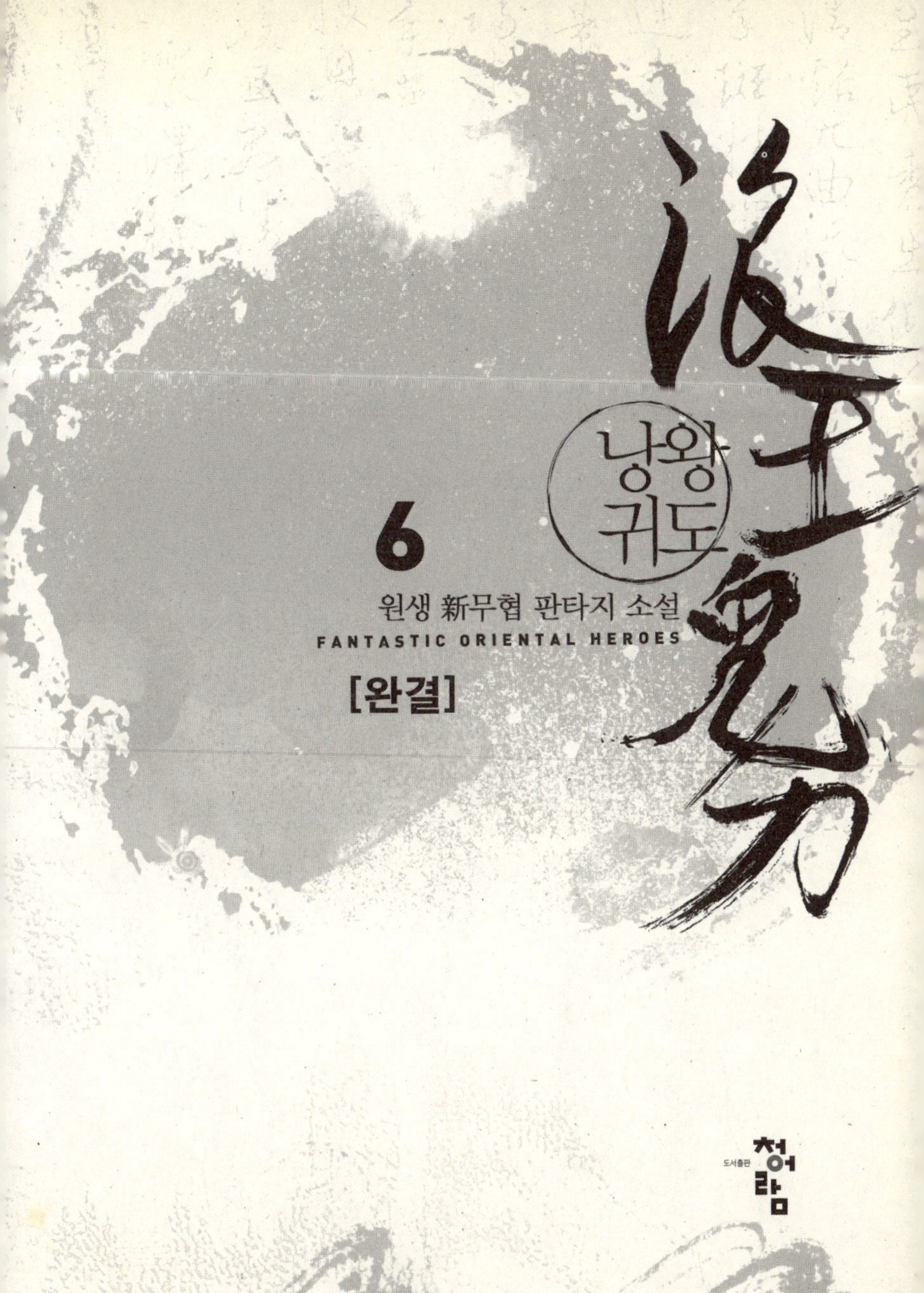

浪子皇
낭왕귀도
6
원생 新무협 판타지 소설
FANTASTIC ORIENTAL HEROES
[완결]
도서출판 청어람

中訣目□□[illegible]偁[illegible]
不可□近殘唯見清絕次曲流其間雪[illegible]
孟岩潭躍之岩子[illegible]接雲[illegible]青[illegible]
與天台雁宕相勾連芳亭斯文有遂點[illegible]
非偶然失矣好道景色[illegible]全華[illegible][illegible]
自口□[illegible]也越咏瑪末上東皆[illegible]雲山夢[illegible]
筆煙霞[illegible]芳上手英手至首重壯游[illegible]
飜沚斗遼史官搜曲□芳永[illegible]逵[illegible]待一

종(終)의 서(序)

현현백경(玄玄魄經)은 무상의 힘이라.

얻는 자 천하를 내려 볼 것이니.

오직 옥환(玉環)만이 그에 대적할 것이다.

그러나 천하여, 두려운 것은 적도(赤圖)라.

잊지 마소서.

적도의 세상은 강호의 종말을 이끌 것이니.

잊지 마소서.

붉은 대지는 절대 잊지 않고 있음을.

　　　　　　*　　　*　　　*

　서쪽으로 가는 길은 평탄하지 않았다.

　험준한 산악을 넘고, 광활한 사막을 건너 끝없이 걷기를 수십 일.

　지나온 거리를 생각해 보면 서장에 도달해도 벌써 도달했어야 할 여정이었지만, 산과 사막의 끝없는 순환은 여전히 계속되고 있었다.

　―서(西)로 가시게.

　현청이 상천(上天)의 염(念)으로 전해 받은 말은 그것 하나뿐이었다.

　어디로 어떻게 가라는 구체적인 언급이 없었기에 그는 해가 지는 방향을 따라 하염없이 걷고 또 걸어야 했다.

　호북 무당을 떠나 중경, 사천을 지난 지도 한참이 지났다.

　정상적이라면 서장의 고원지역이 나타나야 하는 것이 당연한 일이었다.

　그러나 길은 그를 뜻밖의 사막으로 이끌었고, 의아함을 품기도 전에 다시 하늘을 찌를 듯 솟아 있는 험봉준령의 산맥이 그의 앞을 가로막았다.

　산을 넘으니 다시 사막이요, 사막을 건너니 다시 산이었다.

현청은 범인(凡人)이 아닌 입신경의 무인이라 그의 행보에 지침이 있지는 않았다.

하지만 막연한 여정이 전하는 일말의 불안은 현재 걷고 있는 자신의 길이 과연 올바른 길인지에 대한 숨길 수 없는 회의를 품게 하는 것이었다.

'다시 산인가?'

산을 지나 고원을 넘고 사막을 건너기를 수십 차례. 보여서는 안 될 산과 사막이 반복되는 길에 다시금 등장하는 산봉우리의 흐릿한 전경은, 도가 경지에 이른 늙은 도인의 심사를 또다시 흐트러뜨렸다.

'어찌하나? 다시 넘어야 하나, 아니면.'

현청은 속으로 갈등을 빚으며 먼 산의 형상을 바라보았다.

다시 넘을 수는 있다.

어려울 것도 없다.

목적지가 명확하다면 열이 아니라 백이라도 넘어갈 수 있다.

그러나 확신 없는 행보에서 오는 강한 피로감이 선뜻 발을 내딛지 못하게 하고 있었다.

곤륜(崑崙)은 선산(仙山)이다.

범인은 죽었다 깨어나도 결코 다가설 수 없는 곳이다.

때문에 지금껏 버텨왔다.

실재할 수 없는 기이한 길이 오히려 곤륜을 향하는 올바른 길임을 역설적으로 보여준다 생각했기에 긴 여정을 말없이 걸어왔다.

그러나.

'미망(迷妄).'

미혹되고 거짓된 길이면 어찌할 것인가?

속세와 선계의 경계에 갇혀 억겁의 세월을 떠돌게 된다면 어찌할 것인가?

새록새록 솟아나는 번민의 두려움에 현청은 평생의 도가 무너져 내리는 것을 느껴야 했다.

'원시천존.'

흐트러진 마음에 현청은 나직이 도호를 외웠다.

무거워진 가슴은 몸의 기운을 앗아갔고, 현청은 그 자리에 멈춰선 채 흐려진 눈빛으로 앞을 볼 뿐이었다.

한없이 무거워진 몸. 사막에 이는 모래바람이 현청의 몸을 삼키며 지나갔다.

'미혹되었구나.'

그러나 갈등은 오래가지 않았다.

'내, 나를 믿지 않으면 누구를 믿을꼬?'

흐리던 눈빛에 다시 정기가 일었다.

'내 선신(仙神)을 믿지 않으면 어찌 길을 나섰으랴?'

굳게 뿌리내려 있던 다리가 천천히 앞을 향해 내밀어졌다.

길이 보이진 않았지만 지나온 길에 대한 확신이 새로이 마음에 믿음으로 자라났다.

곤륜을 가는 길은 속세에서 선계로 넘어가는 길. 그 길이 결코 쉬울 수 없음은 어찌 보면 지극히 자명한 일이었다.

회의와 번민은 도를 이룸에 있어 취하면서 또 버려야 할 양면의 매개이다.

그것을 넘지 못하고 곤륜에 이르기를 바라는 것은 도리가 아닌 것, 길은 현청에게 진정한 도에 대해 묻고 있는 것이었다.

'더 이상의 의문은 없음이니.'

처음 길을 나설 때처럼 생기가 가득한 눈이 품에 담은 의지를 보여주며 맑게 빛났다.

멀고도 어려운 길이지만 그 또한 언젠가는 끝날 것임을 확신했기에 앞에 보이는 산을 향해 걸어가는 발걸음이 가볍고 또 표홀했다.

천지를 누렇게 물들이던 모래바람이 걷히고 멀리보이는 산이 보다 뚜렷하게 시야에 들어왔다.

푸른빛 산람(山嵐)이 덮인 그런 산이 아니라 붉게 타오르고 있는 민둥 머리 황토산이 보였다.

'화림산(火林山).'

현청의 얼굴에 웃음이 맺혔다.

약수(弱水)와 더불어 곤륜을 지킨다는 전설상의 산이 현청 앞에 나타난 때문이었다.

"드디어 도착했구나."

저도 모르게 말문이 터져 나왔다.

무겁던 가슴이 벅차오르는 감격에 시원스레 뻥 뚫려 나갔다.

마침내 도달한 곤륜, 현청은 더없는 기쁨으로 곤륜의 입구를 향해 나아갔다.

第一章

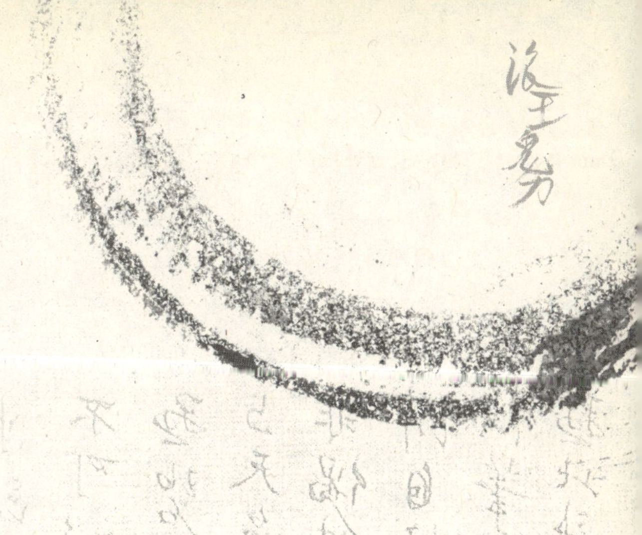

"날씨 한번 우라지게 좋네."

영춘이 하늘을 올려다보며 탄식 같은 한마디를 내뱉었다.

눈이 부신지 얼굴을 살짝 찡그리더니 손을 들어 해를 가렸다.

손이 만들어주는 그늘이 영춘의 얼굴을 감쌌다.

"좀 낫군."

덕분에 편해진 시야로 시원스레 펼쳐진 푸른 가을 하늘이 한가득 들어왔다.

군데군데 떠 있는 순백의 구름송이. 하늘은 맑은 옥빛으로 한층 투명하게 빛나고 있었다.

분명 어제도 그제도 날은 이리 좋았을 텐데, 주변의 아름다운 풍광을 돌아볼 여유가 그에겐 없었다.

"그러게나 말입니다."

오윤이 영춘의 곁에 서며 말을 받았다.

내상이 완전히 낫지는 않았는지 파리한 안색이 안돼 보였다.

"정말 좋은 날씨네요."

사방에서 올라오는 비린 혈향이 눈의 즐거움을 방해했지만 오윤은 괘의치 않았다.

그저 화창하게 갠 맑은 날씨에 가슴만 시원스레 탁 트일 뿐이었다.

"이런 날씨엔 벽로춘(壁露春)이 딱인데……."

영춘이 하늘 빛깔을 닮은 술을 떠올렸다.

예전 서호에서 흑공이 대접해 주던 그 고급술은 비싼 만큼 돈값을 하던 희대의 명주였다.

생각을 하자 향긋한 주향(酒香)이 코 주변을 감도는 듯했다.

"아서라. 그거 한 병에 돈이 얼만데. 꼴에 술맛은 알아가지고."

진광이 찢어진 옷으로 두 자루 단검을 대충 닦으며 영춘에게 한 소리를 했다.

"그냥 싸구려 죽엽청이라도 감지덕지해. 그거라도 어디야."

“그래도.”

“그래도는 무슨.”

진광이 영춘의 말을 끊었다.

“살아남은 게 어디야. 난 술이 넘어갈 목이 남아 있다는 것
만으로도 충분히 만족스럽다.”

진광이 닦고 있던 단검을 잠시 돌려보더니 얼룩이 채 가시
지 않았는데도 그냥 품 안에 넣었다.

어차피 제대로 씻어 관리하기 전까지는 묻은 얼룩이 사라
지지 않을 것이니 더 이상의 공을 들일 필요는 없었다.

“맛있었는데…….”

영춘이 입맛을 다시며 혀로 입술을 핥았다.

먹기 힘들다 생각하니 더 간절해지는 마음이었다.

하지만 버려야 할 미련이다.

영춘이 고개를 저으며 주변을 둘러보았다.

“휴우.”

탄식이 절로 나왔다.

“지옥이 따로 없구만.”

“그러게요.”

짙푸른 하늘 아래 학산의 산등성이는 청명한 하늘과 다르
게 붉게 젖어 있었다.

여기저기 널린 시체와 나뒹구는 병장기들은 치열했던 전
투를 강조하려는 듯이 원초적인 죽음의 세계를 한 장의 지옥

도처럼 펼쳐놓고 있었다.

처음 접하는 것도 아닌데 펼쳐진 눈앞의 광경이 낯설게만 느껴졌다.

하늘을 올려 보기 전 지겹도록 보고 있던 풍광이었다. 그러나 그새 다시 보니 또 적응이 되지 않았다.

"살아남은 놈은 없겠지?"

"아마도."

"저렇게 뒤지고 다니는데 남은 사람이 있겠습니까?"

"없을 거야."

"그렇겠지?"

소뢰음사를 비롯한 서장무림세력은 좌우를 공격해 오는 중원무림의 공세를 버텨내지 못했다.

이미 무림맹 남부군에게 절반에 가까운 세력을 잃은 그들은, 한곳에 모인 중원무림의 힘을 당해내기에는 그 힘이 부족했다.

특유의 종교적 신념으로 생각보다 강하게 저항을 했었지만, 그들은 질적으로나 양적으로나 무림맹 연합군의 상대가 될 수는 없었다.

─단 한 명도 살려두지 마라.

전황(戰況)의 세가 결정되면 전투는 중단되는 것이 일반적인 일이다.

그러나 인간이되 인간이 아닌 그들의 패악을 보고 또 들은 바 있는 무림맹은 단 한 명의 생존자도 용납하지 않았다.

살아 숨 쉴 가치가 일 푼도 되지 않는 자들.

그래서 전장을 수습하는 무인 일부를 제외한 나머지 모든 무인은 혹여 남아 있을지도 모를 혈승을 찾아 온 화산을 샅샅이 훑고 다녔다.

동료와 적의 주검이 발에 밟혔다.

하지만 혈승을 찾아 화산을 누비는 무인들의 얼굴엔 일말의 거리낌도 찾을 수 없었다.

숨어 있는 혈승을 찾아 단죄를 내리는 것이 지금 그들이 해야 할 일이었다.

죽은 자에 대한 예의는 산 자의 일이 끝났을 때 차려지는 것이다.

"잡아라!"

갑자기 소란이 일고 부지런히 움직이는 인영들이 보였다.

어디선가 고함 소리가 터지더니 일단의 무리가 소리가 난 방향으로 물밀듯 움직여 갔다.

청명한 가을빛에 반사된 도검이 은빛 섬광을 내뿜으며 여기저기서 번쩍거렸다.

"동쪽이다!"

"잡아!"

외침 소리가 커지고 가려진 나무 사이로 붉은 인영 하나가 도망치고 있는 것이 보였다.

뒤이어 다양한 복색의 사람들이 그 뒤를 쫓았다.

살기 위해 달아나는 자와 죽이기 위해 뒤를 쫓는 자들. 사냥을 하듯 쫓고 쫓기는 광경이 급박한 호흡으로 계속 이어졌다.

"막아!"

"죽여!"

붉은 인영의 몸놀림도 예사롭진 않았지만 그를 쫓는 무림맹 무사들의 움직임 또한 그에 못지않게 민첩했다.

짐승을 몰듯 포위망을 좁히며 몰려드는 무인들 속에서 쫓기던 자가 할 수 있는 선택은 별로 없어 보였다.

온 산이 무림맹 무사로 가득 차 있으니 도망치던 인영이 몸을 피해 숨을 곳은 애초에 없는 탓이었다.

얼마 후, 화산 등성이를 내달리던 붉은 인영은 싸늘한 도검 아래 수십 조각의 육편으로 화하며 붉은 땅에 핏물을 더했다.

생을 향한 그의 노력은 가상했지만, 그를 옭죄어 오는 그물을 피하기엔 그가 가진 한계가 너무도 뚜렷했다.

"퉤!"

누군가 더럽고 불결한 것이라도 본 듯이 혈승의 조각난 사체 위로 침을 뱉었다.

누군가가 따라했고, 누군가는 만족스런 웃음을 지으며 칼을 다시 제자리에 집어넣었다.

남은 것은 아직 온기가 채 가시지 않은 더운 핏물뿐. 소란은 금방 가라앉았고 새로운 희생자를 찾는 무인들의 발길만 여기저기서 다시 이어지고 있었다.

"끝났군."

무미건조한 음성이 진광의 입에서 나왔다.

"그렇네요."

마지막 단말마를 외면하던 오윤이 씁쓸한 표정으로 떠나가는 사람들을 쳐다보았다.

혈승들은 사람의 탈을 쓴 악귀이나, 자신들은 더운 피를 가진 사람이다.

저항력을 잃은 사람에게 무자비한 칼질을 하는 것이 당연하다고 여겨질 만큼 그들의 인성이 상실되진 않았다.

그렇다고 무림맹 무인들을 잔인하다고 탓할 수는 없었다.

더한 짓을 한 것이 혈승들이었고, 그들의 손아래 죽어간 자들은 산 자의 원한이 되어 뼈에 사무쳐 있던 탓이다.

도망치던 자가 자신들이 있는 쪽으로 달려왔다면 자신들 또한 그를 베었을 것이다.

그는 지극히 분명한 일이었다.

하지만 머리로는 이해를 하나 가슴이 불편해하는 껄끄러운 현실 앞에서 한 조각 가슴에 붙어 있는 불편한 마음은 그들이 지극히 정상적인 사람이기 때문일 터.

“진짜 술 한잔해야겠다.”

착잡하게 들리는 영춘의 말은 그래서 더욱 진한 설득력을 품고 있었다.

“술은 이따 찾으시고. 윤아, 나 좀 보자.”

가을날의 서정에 잠겨 있던 낭인들에게 풍의 목소리가 들려왔다.

“저 말씀입니까?”

“응, 너.”

풍이 손짓을 하며 오윤을 불렀다.

“갈 데가 있어.”

“어디를?”

“가보면 알아.”

영문 몰라 하는 오윤의 팔을 붙들고 풍이 몸을 날렸다.

그리고 순식간에 사라져 버린 두 사람.

“어찌 저 인간은 지치지도 않나?”

영춘이 고개를 저으면서 혀를 내둘렀다.

“인정. 저게 괴물이지 어찌 사람일까?”

진광이 영춘의 말에 동의하며 풍이 떠난 방향을 바라보았다.

긴 전투로 모두가 지쳤다.

몸이 축나고, 마음이 피폐했다.

안락한 고향집이 그리운 사람들.

　그러나 풍은 달랐다.

　가장 많은 적을 베었으며 가장 많은 고수를 저승길로 보낸 것이 풍이었다.

　쉬지 않고 여기저기 귀신처럼 옮겨 다니며 전장의 형세에 가장 결정적인 영향을 미친 것도 또한 풍이었다.

　그럼에도 풍은 홀로 생생했다.

　"햐, 정말 부럽다. 저 체력."

　"젊잖아."

　"젊다고 다 되는 게 아니지."

　"나도 한때는……."

　"사기 치면 죽는다."

　괜스레 서슬 퍼런 진광의 엄포에 영춘이 벌렸던 입을 닫았다.

　"새끼, 이럴 때는 힘을 내요. 또."

　투덜대는 영춘의 머리 너머로 하얗게 피어오르는 뭉게구름이 깨끗한 가을 하늘을 건너고 있었다.

＊　　＊　　＊

　전란의 여파로 한쪽 벽이 허물어져 내린 화산의 어느 작은 전각 안, 혈승과의 싸움이 벌써 끝났음에도 불구하고 그곳 전각 안엔 팽팽한 긴장이 흐르고 있었다.

"주십시오."

"곤란하오."

"주십시오."

"내 이미 여러 차례 말했소이다. 진실로 곤란하오."

"대가를 치를 것이라고 말씀 드렸습니다."

"선단은 흥정의 대상이 아니오. 그 말 불가하오."

"무당을 위한 일입니다."

"불가. 내 할 수 있는 말은 그뿐이오."

무당 장문 청명이 단호한 얼굴을 하며 풍을 바라보았다.

뜬금없이 나타나 한다는 말이 무당의 귀보인 무극선단 하나를 내놓으란다. 선단의 대가가 무당을 위한 것으로 돌아갈 것이라는 말과 함께.

마치 맡겨둔 물건 찾아가듯이 풍의 태도는 너무도 당당했다.

'시건방진.'

태도나 말투가 마음에 들지 않았다.

아무리 작금에 가장 뛰어난 영명을 날리고 있는 사람이라 하지만, 시정잡배도 아니고 타 문파의 보물을 저리 내놓으라 생떼를 쓰니 드러나는 청명의 표정이 고울 수가 없었다.

"무당이 우스워 보이시오?"

"그럴 리가요."

"말은 그리하나 아무래도 그리 생각하는 것 같소이다."

난감해하던 청명이 자꾸 재촉하는 풍의 언사에 마침내 불편한 속내를 겉으로 드러냈다.

"아무리 그대가 뛰어난 무명을 널리 떨치고 있다 하지만, 그대가 보고 있는 상대는 무당의 장문인이오. 기본적인 예의는 갖추어야 한다고 보오만."

"예의를 갖추니 이리 말씀을 드리는 것입니다. 아니었다면……."

풍이 서늘한 안광을 빛내며 청명을 바라보았다.

내뱉지 않은 뒷말이 어떤 것일지 능히 짐작하고도 남게 하는 차가운 눈빛이었다.

"전 지금 충분히 예의를 갖추고 있습니다, 장문인."

"내 보기엔 다르오. 명성을 얻으니 이제 낭왕의 눈엔 아무것도 보이는 것이 없으신 모양이오."

오는 눈빛만큼 차가운 말이 다시 전해졌다.

"그럴 리가요."

풍이 차가운 청명의 말을 받아넘기며 웃음을 지어 보였다.

그러나 그 웃음에 온기가 없음은 옆에 앉은 오윤도 느끼는 것이었다.

얼떨결에 같이 온 오윤은 입장이 난감했다.

풍이 그를 이끌 때 아무 생각 없이 길을 따랐다.

그가 데리고 가는 곳이 이곳인 줄 알았다면 목숨을 걸고서라도 거부했을 것이다.

앉은 자리가 바늘방석 같았다.

"형님……."

"넌 가만히 있어라."

"네."

냉기가 흐르는 풍의 한마디에 오윤은 더 이상 말을 이을 수 없었다.

자리는 불편하고 마음은 거북한데 풍의 기도는 한없이 무겁고 차갑기만 했다.

"무당이 지금도 이 아이를 보는 눈길을 생각하면 제가 지금 이렇게 장문인과 앉아 얘기를 나눌 이유가 없습니다. 남만과 서장과 싸우기 이전에 벌써 무당과 생사결을 다투었을 겁니다."

한광이 뿜어지는 눈으로 풍의 속내가 내비쳤다.

사실이었다.

무당을 향한 그의 심사는 호의적이지 않았다.

풍은 자신의 시선을 거스르는 행동을 용납하지 않았다.

다가오는 자를 배척하진 않았지만, 걸어오는 시비를 그냥 넘어가는 법도 없었다.

자신과 낭인 일행을 바라보는 무당의 시선을 풍이 모를 리 없는 법. 일반적인 상황이었다면 사단이 나도 벌써 났어야 정상이었다.

그런 그가 그동안의 시선을 참았던 이유는 오직 하나. 그가 현청에게서 받은 도움 때문이었다.

풍은 저 나름으로는 무당을 배려하는 중이었다.

비록 청운은 그 도가 심해 정삼의 도 아래 고혼이 되었지만.

"오는 것이 있었으니 가는 것도 있어야 하겠지요. 제가 비록 옹졸하나 그 이치를 모르지는 않습니다. 그래서 참았고, 참을 것입니다."

풍의 언사에는 거침이 없었다.

앞에 앉은 자가 무당의 장문인이나 그를 두려워할 풍이 아니었다.

"그리고 그것은 지금도 마찬가지이니, 제가 장문인께 무극선단을 주십사 말을 전하는 이유가 거기에 있습니다. 선단은 제가 아닌 오윤을 위한 것입니다. 크게 본다면 무당을 위한 것이 될 것이고."

"무당을 싫어하나 무당을 배려한다. 그리고 무당을 위해서 무당의 보물이 필요하다? 흥, 낭왕의 잔정에 몸 둘 바를 모르겠구려."

청명이 냉소를 지었다.

"굳이 길게 말하실 것 없소이다."

청명이 고개 저으며 자리에서 일어섰다.

"다시 말하지만 선단은 흥정의 대상이 될 수 없는 본파의 보물이오. 더 이상의 얘기는 의미가 없어 보이오."

상대에 대한 작은 호의마저 사라진 이상 대화는 무용(無用). 청명은 더 이상 풍과 함께 앉아 있을 이유를 찾지 못했다.

"분명 무당을 위함이라 말씀드렸습니다."

"그대가 무당을 위해 할 수 있는 것은 없소. 그대의 도움이 필요할 만큼 무당이 절박한 상황도 아니고. 혹 지금 전란의 일로 생색을 내려면 그만두시오. 무당 또한 강호 대의를 위해 이렇게 나온 것이니 그대가 해온 일들이 오직 무당의 안위를 위해서만은 아니란 말이오."

청명은 정확한 선을 그으며 풍과 자신의 관계를 명확히 했다.

"장문인!"

"얘기 끝났소이다."

청명은 풍에게서 고개를 돌리며 대화가 끝났음을 강조했다.

굳은 입매에 보이는 완강한 고집이 풍의 말을 원천적으로 거부하고 있었다.

"먼저 가겠소."

청명은 미련 없이 몸을 돌렸다.

그 와중에 언뜻 오윤이 보였다.

'불쌍한 놈.'

청명의 눈에 그늘이 졌다.

풍에 실망했다.

아무리 오윤을 위하는 일이라 하지만 근본적인 접근이 틀렸다.

천지를 뒤엎을 무공이 있으면 뭐하랴, 근본이 틀린 것을.

사람이 금수가 아닌 것은 예가 있기 때문이다.

그러나 청명이 보는 풍은 예가 없는 인물이었다.

한 문파의 보물을 두고 흥정을 생각하는 무식한 인간이 그가 생각하는 풍이었다.

'시건방진 놈.'

겁 없이 무당을 핍박했다.

몇 푼 안 되는 재주로 세상을 우습게 여기고 있다.

'틀렸어.'

그래서 오윤이 안타까웠다.

다른 사람은 모르나 청명은 오윤을 싫어하지 않았다.

처음 오윤이 무당에 왔을 때부터 다시 무당을 내려갈 때까지 청명은 한순간도 오윤을 배척하거나 거부하지 않았다.

오히려 청명은 차리리 오윤의 편에 가까웠다.

존경하는 사부가 데려온 마지막 사제였다.

나이 차이가 크고, 가진 것 없이 도량에 들어왔기에 남들은 그를 멀리했지만 청명 자신은 오윤을 음으로 양으로 알게 모르게 챙겨주는 바가 많았다.

오윤이 떠나가던 날, 청명은 미안함에 마음이 아렸다.

사부 현청이 곤륜을 향하던 날, 그의 뜻을 받들지 못한 자신이 송구해 가슴이 아팠었다.

'복 없는 놈.'

전란이 발발하고 낭왕이 그 명성을 얻어가면서 그래도 마음 한편으로는 다행이다 싶었다.

무당에서는 자리를 잡지 못했지만 그래도 강호 영웅이 된 사람 옆에서 잘 지내리라 믿으며 마음을 놓기도 했었다.

'어찌 만나도 저런 자를.'

그런데 역시 낭인은 역시 낭인일 뿐이었다.

상대에 대한 배려도, 예의도 없는 그저 힘만 강한 무식한 종자였다.

'쯧쯧.'

풍의 근본 모를 행동으로 치밀었던 화가 오윤에 대한 연민으로 다시 변했다.

'네놈도 참으로 인복은 없는 놈이로구나.'

말없이 앉아 둘의 대화를 듣고 있는 오윤을 보며 청명은 안타까운 마음이 자꾸 일어나는 것을 어쩔 수가 없었다.

'그는 다른가?

풍이 오윤에 대한 청명의 눈빛을 읽었다.

그리고 잠시 생각에 잠겼다.

풍은 자신의 속내를 완전히 밝히지 않았다.

처음부터 혜검에 대한 언질을 던져주었다면 대화는 분명 지금보다는 쉽게 풀려갔을 것이다.

혜검은 무당에서도 이룬 자가 없는 무당 공부의 극의다. 당연히 대하는 태도가 다를 것이 분명했다.

하지만 풍은 그러고 싶지 않았다.

무당에 대한 근원적인 반감이 쉬운 대화를 비틀게 한 것이었다.

오윤에게 절실히 필요한 것은 내공이었다.

그의 몸 상태를 위해서도 그랬지만, 무엇보다 태극혜검의 진정한 정수를 뽑아내기 위해서 내공은 필수 요건이었다.

그리고 무극선단은 그런 오윤에게 더할 수 없이 좋은 극상의 영약이었다.

그러나 그것이 반드시 무극선단일 이유는 없었다.

영약은 귀하나 드물지는 않다.

풍이 무당에 무극선단을 재촉한 이유는 따로 있었으니 그것은 현청에 대한 보답 때문이었다.

―세상에 공짜는 없다.

현청이 전한 그 말을 풍은 오윤에게 혜검을 일깨워 주는 것으로 대신했다.

아마 현청 또한 그렇게 예견했을 것이다.

하나를 받았고, 하나를 전했다.

무극선단이 무당의 기보이나 그 가치가 혜검보다는 못할 것이니, 풍은 받은 것 이상으로 돌려준 셈이 되었다.

얼마를 성취할 것인가는 오윤에게 달린 일, 혜검의 오의를 전함으로써 풍은 자신의 빚을 갚았다.

그러나 그것이 다는 아니었다.

엄밀히 말해 오윤은 현재 무당의 사람이 아니다.

그가 혜검을 익혔지만, 그것을 무당의 검으로 반드시 돌려줘야 할 의무는 없었다.

오윤이 대성을 이루어 혜검을 온전한 자신의 검으로 만든다고 해도 그것은 오윤의 성취이지 무당의 성취가 될 수는 없는 것이었다.

현청은 오윤이 혜검을 익히길 바랐을 것이다.

그리고 그 오의가 무당에 대를 이어 전해지기를 바랐을 것이다.

하지만 풍은 그럴 생각이 없었다.

현청에게 도움을 받았지만 그것은 현청과 자신의 일이지 자신과 무당의 일이 아니라 생각했다.

그의 의도는 그의 의도일 뿐, 말로 전해지지 않은 그 의도를 자신이 굳이 넘겨짚을 필요도 없다.

그래서 풍은 불친절하고 무뚝뚝했다.

물론 굳이 그러고 싶지는 않았지만, 만약이라도 무극선단을 내어준다면 무당에 혜검의 오의를 전할 용의가 있었다.

오윤에게 시키든, 정 안 되면 자신이 하든 어떤 식으로든 혜검을 전할 마음은 있었다.

하지만 그 속내는 드러내지 않았다.

풍이 가진 무당에 대한 불신과 반감은 꽤 골이 깊었던 때문이었다.

하지만 청명의 눈빛이 풍의 마음에 작은 변화를 가져왔다.

아끼는 자만이 보일 수 있는 연민과 자애의 눈빛.

"태극혜검이라 들었습니다."

풍이 나직이 읊조리며 청명에게 새로이 말을 걸었다.

＊　　　＊　　　＊

"무얼 그리 골똘히 생각하시나?"

"오셨습니까?"

검을 품은 채 생각에 잠겨 있던 구양수가 실내로 들어서는 남궁태민을 보며 자리에서 일어섰다.

"기쁜 날일세. 아무리 빙검이나 표정이 너무 어둡구만."

"그리 보였습니까? 허허, 제가 잠시 생각이 많았나 봅니다."

"걱정이 되나?"

구양수 맞은편에 자리하며 남궁태민이 한마디를 툭 던졌다.

많은 의미가 담긴 남궁태민의 짧은 물음에 구양수는 발을 멈추고는 손에 들린 검을 잠시 쓰다듬었다.

설상(雪霜).

검집에 뚜렷이 음각된 은빛 글자가 손끝에 만져졌다.

주인의 손길을 느꼈음일까, 평생을 함께해 온 그의 애검이 고양이 울음 같은 낮은 검명을 토해내는 것 같았다.

"이길 수 있을까요?"

연인의 몸을 더듬듯 검을 매만지던 구양수가 조심스레 한쪽에 검을 내려놓고는 날카로운 눈빛으로 남궁태민을 바라보았다.

마교는 그 이름의 무게가 결코 가볍지 않다.

어쩌면 소림이나 무당의 이름보다 더한 것이 그들의 명성이었다.

감히 입 밖으로 내뱉는 것조차도 조심스러운 것이 그들 마교. 수백 년의 시공을 건너 이름이 아닌 그 실체를 마주해야 하는 입장에서 걱정은 어쩌면 당연한 것일지도 몰랐다.

"물론이네, 맹주."

말을 듣고 있던 남궁태민이 가볍게 미소를 지으며 고개를 끄덕였다.

한 치의 머뭇거림이나 의구심이 없는 단호한 말이었다.

“우리는 이길 것이야.”

―전 지지 않습니다.

머리로 풍의 말이 스쳐 지나갔다.

말을 할 때의 그 표정이 선명하게 떠올랐다.

“풍, 아니, 낭왕이 그리 말하더군. 지지 않는다고. 지지 않
을 것이라고. 허허, 그 어린 나이의 청년이 그리 말을 했다네.
객기가 아니었어. 세상 물정 모르는 철부지의 허언도 아니었
고. 스스로에 대한 자신을 넘어선 의지가 보였다네.”

미소가 여전한 얼굴이 구양수를 보고 있었다.

여유가 있었고, 믿음이 있었다.

“마교가 강하다는 것은 누구나 다 아는 사실이네. 시간이
흘렀다 하나 그들의 강함이 퇴색되진 않았을 터. 그러나 맹
주, 난 지금은 두렵지 않다네. 걱정도 없고. 그저 담담할 뿐어
야.”

구양수가 그랬던 것처럼 남궁태민이 손에 들고 있던 자신
의 검을 가슴에 품었다.

“난 나를 믿고, 맹주를 믿고, 그 아이를 믿네. 더불어 이제
곧 도착할 내 손녀사위를 믿고. 마교의 마인들이 강하다고는
하지만, 우리 또한 결코 약하지 않네. 맹주, 우리는 이길 것이
네.”

“형님, 진정 그리 믿으십니까?”

남궁태민이 고개를 끄덕였다.

“물론이네. 다른 이는 몰라도 난 믿네. 난 분명히 보았거든. 낭왕과 운룡검 그들 형제의 능력이 어떠한지. 세상은 모를 것이야. 그들이 지금 어느 정도의 경지에까지 올라 있는지.”

출정하기 전, 운이 보여준 일검이 생각났다.

완전하지 않다며 너무 기대하지 말라던 말과 달리, 운이 보여준 일 초의 검식은 그가 평생을 보아온 그 어떤 검과도 차원이 다른 경지의 것이었다.

은은한 노을빛으로 피어오르던 주홍빛 검광.

“노을을 보았다네. 온 세상을 물들이며 은은히 번져가는 노을.”

“노을이라 하셨습니까?”

“그렇네, 노을.”

“설마?”

“맞네. 자네가 평소 말하던 그 노을이었어.”

구양수의 얼굴에 기이한 표정이 맺혔다.

“검하지경…….”

평생을 살며 추구해 오던 검경이었다.

자신에겐 인연이 닿지 않았음을 알고, 운에게 바라고 기대했던 검경이었다.

"아름다웠네. 참으로 장관이었지. 노을처럼 번지던 그 은은한 빛무리에 세가 연공실이 다 사라져 버렸다네. 그런데 그게 온전한 한 수가 아니라 하더군. 마지막 단계를 넘어야 비로소 온전한 검이 된다 했어. 대단한 거야. 암, 정말 대단한 것이지."

남궁태민이 흐뭇한 미소를 지었다.

"이제 곧 올 것이야. 완성된 검 한 자루를 들고 전장에 내려설 것이야."

남궁태민이 구양수를 보며 눈빛을 빛냈다.

"천하제일. 어쩌면 고금제일의 검일 수도 있네."

구양수의 열린 입이 다물어지지 않았다.

"진정……."

"검하지경의 고수. 운은 그 경지에 이르렀네."

구양수의 몸에 격동이 일었다.

평생을 바라보던 경지였다.

검 든 무사로서 꿈에서라도 접해보고 싶었던 경지였다.

그 꿈을 제자나 다름없는 운이 이룬 것이다.

구양수의 기쁨은 밀물처럼 그의 온몸을 적시고 휘돌았다.

"낭왕과 운룡검의 경지는 이제 나로서도 추측이 안 되네. 내가 생각하는 것보다 몇 배 이상 훨씬 더 강할 수도 있네."

남궁태민이 품었던 검을 다시 손에 들었다.

"이 싸움, 우리가 이길 것일세."

말하는 그의 목소리엔 확신이 있었다.

＊　　　＊　　　＊

―혜검(慧劒)은 청암에게 맡겨두었소.

스승의 목소리가 들렸다.
"혜검을 이루었느냐?"
"죄송하나, 아직 이룬 것은 아닙니다."
"그 말은 적어도 혜검을 접하긴 했다는 말이렷다?"
청명은 목이 탔다.
조사 장삼봉 이래로 제대로 익힌 이가 없다는 전설의 검이
다.
익힌다는 것은 고사하고 그 실체조차 막연히 전해지는 것
이 무당의 혜검임을 생각해 볼 때, 지금 오윤이 하는 말은 경
우에 따라 무당의 역사를 바꿀 수도 있는 커다란 사건이었다.
"간신히 흉내는 낼 수 있습니다."
"오오."
청명의 얼굴에 화색이 만연했다.
같은 시간 다른 곳에서 구양수가 그러하듯 청암 또한 이는
격동에 몸을 주체하기가 어려웠다.
"거짓 없는 말이어야 한다."

간절한 바람이 한 번의 확인을 더 요구했다.

"사실입니다."

오윤은 자신이 가진 혜검의 가치를 모르고 있었다.

어렴풋이 들어 알고는 있었지만, 풍과 어울려 다닌 이후로 다른 무당 제자들이 생각하는 만큼 혜검의 존재 의의를 높이 두고 있지 않았다.

늘 보던 것이 풍이다 보니 그에 비추어 자신의 검을 생각하는 버릇이 생긴 탓이었다.

그러나 혜검의 가치는 그의 생각 이상으로 높은 것이었다.

제대로 대성을 이룬다면 능히 천하제일의 반열에 들 수 있는 진정한 검의 총아가 혜검이었다.

운이 익힌 검과는 또 다른 길로 검의 극에 이를 수 있는 희대의 검결, 그것이 혜검의 진정한 참모습이었다.

천하제일인, 고금제일인은 있을 수 있지만 천하제일검법은 존재할 수 없다.

저마다 추구하는 길이 다르고 표현되는 모습이 다르다.

중요한 것은 어떤 자가 얼마나 제대로 그 검을 숙지했느냐이지, 그 검법이 무엇이냐는 아득히 높은 신인지경의 경지에서는 그리 중요한 것이 아니었다.

신인지경에 오를 수 있는 또 하나의 검법, 태극혜검. 오윤은 자신이 절세기연을 품고 있음을 미처 모르고 있는 것이었다.

“고맙구나.”

청명이 두 손을 내밀어 오윤의 꼭 잡았다.

“무당은 너에게 준 것이 없거늘, 너는 무당에 큰 선물을 안겨 주는구나.”

붉게 상기된 얼굴이 금방이라도 울 듯한 모습이었다.

“선단을 내어주시겠습니까?”

풍이 청명에게 다시 청을 넣었다.

“혜검의 대성을 위해서도 필요한 것입니다. 내어주시겠습니까?”

청명이 품 안에 손을 넣더니 금박에 싸인 환단을 꺼내어 들었다.

“전장은 변수가 많은 곳이라 만약을 대비해 내 따로 챙겨 온 것이오. 진작 말했다면 얼굴 붉힐 일도 없었을 것을. 내 낭왕을 많이 오해했었소.”

선단의 향기만큼 잔잔하고 맑은 음색이 청명의 입에서 나왔다.

“귀한 것이나 참으로 소중하게 쓰이니 내 참으로 기쁘구려.”

청명이 조심스레 선단을 오윤에게 내밀었다.

“부탁하니, 부디 대성을 이루기 바란다. 너와 무당 사이의 일을 나 또한 당연히 알고 있으니 너에게 혜검을 바라지는 않으마. 다만 사부의 뜻이 과연 어디에 있었는지 한 번 더 생각해 보길 바랄 뿐이다.”

“장문.”

오윤이 선뜻 그 선단을 받지 못하고 머뭇거리자 청명이 친히 선단을 오윤의 손에 쥐어주었다.

“둘러보면 한 명쯤은 괜찮은 제자가 있을 것이야. 먼 훗날 네 마음이 풀리고 혹시라도 무당을 생각하는 마음이 남아 있다면 참된 오의의 끝자락이나마 그에게 전해줬으면 좋겠다.”

선단을 쥐어주며 다시 잡는 청명의 손에 오윤이 눈물을 떨구었다.

흘리는 자신도 이유를 알지 못하는 눈물은 청명의 손을 적시고, 그 안에 놓인 선단을 적시고, 이어 자신의 손을 적실 때까지 그치지 않고 계속 흘러내렸다.

第二章

옥문관을 넘은 천산마교의 오백 마인은 낙양을 향해 말을 몰았다.

마치 유람이라도 나온 사람들처럼 느긋하고 느린 발걸음이 급한 기색 없이 계속 이어졌다.

바쁜 것은 무림맹이었으니, 그들의 행보마다 전서구가 날아올랐다. 섬서 화산에 자리한 정파무림인들은 점점 다가오는 그들의 마수에 벌써부터 긴장이 가득했다.

―동(東).

―동(東).

—동(東).

전서구에 적힌 글씨는 앞의 것을 그대로 베껴 적은 듯 같은 글자만 반복되고 있었다.

변함없는 행로에 변함없는 속도. 거칠 것 없는 당당한 그들의 태도는 싸움이 시작되기도 전부터 강한 부담으로 무림맹 무인들을 압박하는 것이었다.

"중원에 들어선 이후로 마교의 움직임은 일관되게 같은 행보을 보이고 있습니다. 방향은 동쪽, 이동 속도는 완보(緩步)."

화산·상궁 대전.

흘린 피와 찢긴 살점들로 목불인견의 참상을 보이던 그곳은 깨끗이 청소되어 원래의 모습을 거의 회복하고 있었다.

현재는 대회의실 겸 맹주 집무실로 쓰이는 전각.

그곳에서 마교의 움직임에 대한 제갈손과 구양수의 대화가 이루어지고 있었고, 그 옆으로 남궁태민과 풍이 배석하고 있었다.

"저들의 목적지와 의도는 거의 분명해 보입니다. 바로 낙양에 있는 무림맹을 노리는 것입니다."

제갈손이 그동안 수집된 정보를 바탕으로 천산마교의 움직임에 대한 분석 결과를 전하고 있었다.

"결국 저들은 낙양 무림맹이라는 상징적인 공간을 취함으로써 강호의 참된 주인이 누구인지를 보여주려 할 것입니다.
예나 지금이나 그들의 목적은 중원을 마도천하로 만드는 것
이니 지금처럼 중원의 모든 힘이 이곳 섬서에 몰려 있는 상황
에서 굳이 중원 전체를 떠돌 이유는 없다고 판단됩니다.”

“속도의 의미는?”

“과시입니다.”

“과시?”

“그렇습니다.”

제갈손이 고개를 끄덕였다.

“스스로의 힘에 대한 과시입니다. 우리가 왔다. 그리고 너
희의 본거지로 향하고 있다. 그러니 막을 수 있다면 막아봐
라. 그런 것이겠죠.”

“전력은?”

“오백. 변화 없습니다.”

“그 숫자의 의미는 어떻게 보시는가?”

옆에서 듣고 있던 남궁태민이 대화에 끼어들었다.

“숫자는 의미가 없습니다. 아시다시피 마교 마인들은 개개
인이 모두 상승고수라 칭해도 무방한 자들입니다. 숫자는 오
백이나 그 힘은 일반 무사 수천이 모인 것보다 더 강할 것이
분명한 일이니 수의 논리는 의미 없다고 봐야 할 것입니다.”

알려진 마교는 강하다.

신으로 추앙받는 교주, 그를 보필하는 십대마존(十大魔尊),

그리고 그 아래 무수한 절정고수들까지. 누구 하나 쉽게 보고 덤벼들 수 없는 지상 최강의 무력군이 바로 마교였다.

"대응 전략은 세워놓았는가?"

"두 가지를 생각하고 있습니다."

"두 가지라……."

"첫째는 낙양으로 돌아가 수적 우위를 바탕으로 농성전을 펼치는 것. 그리고 두 번째는 저희 또한 소수의 정예군을 꾸려 맞불을 놓는 것."

"결론은 났나?"

"최종 결정은 맹주님께서 내리실 테지만, 저의 개인적인 의견은 두 번째 방법이 낫다고 봅니다."

화산에 있는 무림맹의 전력은 고수를 포함해서 모두 팔천의 무인이었다.

적지 않은 수였지만 그중 대부분이 일류 이하의 무인임을 생각해 볼 때, 오백의 절정고수를 상대하는 것이 쉬운 일은 아니었다.

묻고 있고, 다시 답을 하고는 있지만, 그것은 이미 모두가 다 아는 사실이었다.

"아까운 인명을 내버릴 필요는 없다고 봅니다. 정예가 나서든, 전체가 나서든 승패는 결국 소수의 고수들에 의해 결정 날 것이 이번 싸움의 성격입니다. 그리고 모두들 그 사실을 다 잘 알고 계실 테니, 군이 전체가 나서 헛된 죽음을 만들 필요는 없지 않겠습니까?"

말은 제갈손의 말이 맞았다.

생명은 귀중하니 아껴야 한다.

하지만.

"어려운 문제군."

구양수가 숨을 들이켜며 의자에 몸을 묻었다.

단순하게 보이나 생각보다 쉬운 문제가 아니다.

마(魔)는 인정할 수 없는 절대 악. 한 하늘 아래 공존할 수 없는 모순된 가치가 정과 마이다.

모두가 죽는 한이 있더라도 다가오는 적은 물리쳐야 했다.

그것은 너무도 당연한 말이다.

그러나 세상에 싸구려 목숨은 없다.

서장이나 남만의 세력을 상대할 때는 한 명이라도 더 많은 무사가 요구되었지만, 지금의 상황은 그것과는 또 다르다.

불길에 달려드는 불나방처럼 헛되이 목숨만 잃을 수도 있다.

그러나 또한 정예만 나설 수도 없는 것이, 사람 가려가며 싸우기엔 그들의 전력을 함부로 낮춰볼 수 없는 탓이었다.

어려운 결정이었다.

판단 내리기가 쉽지 않은 상황에서 구양수의 시름이 조금씩 깊어졌다.

"궁금한 부분이 있습니다."

생각에 잠긴 구양수 옆에서 풍이 조심스레 말을 꺼냈다.

"말씀해 보시지요. 낭왕."

풍의 말에 응답하는 제갈손의 말투는 공손했다.

나이나 출신으로만 본다면 제갈손이 풍보다 한참은 높은 위치에 있었지만, 강호는 힘이 모든 것을 지배하는 세상이다.

낭왕이란 별호에 붙은 왕(王)자가 거저 주어진 것은 아니었기에 제갈손은 풍을 공대하는 것이었다.

"제가 듣기로 마교가 세상에 모습을 드러낸 지가 삼백 년이 넘었다더군요."

"그렇소이다."

"그 말은 저들의 실체를 접한 지가 벌써 삼백 년이 넘었다는 말이잖습니까?"

"그렇지요."

제갈손이 가볍게 미소를 지으며 그의 말에 응대를 했다.

풍이 무슨 말을 하고픈지 대충 그 내용을 짐작한 탓이었다.

"그런데……."

미소를 접한 풍이 자신의 의도가 전해졌음을 느끼고 눈빛으로 답을 청했다.

"생각보다 어려운 문제는 아닙니다. 무림맹은 거대한 세력입니다. 그리고 그처럼 거대한 세력은 단순한 무력의 조합만으로는 꾸려질 수 없는 것이지요. 그 안에는 수없이 작게 세분된 많은 구성 요소가 있습니다. 그중 하나에 세작과 정보원이 있구요. 답이 되었습니까?"

제갈손의 미소는 여전했다.

"그렇다면 다시 하나를 더 여쭙고 싶습니다."

"말씀하시지요."

"군사께서는 저의 힘을 어느 정도로 보십니까?"

"낭왕 본인의 힘을 물어보신 겁니까?"

"그렇습니다."

의도가 담긴 풍의 말에 제갈손이 풍을 가만히 쳐다보았다.

하지만 제갈손은 현인이라 풍의 의도가 무엇인지 오래지 않아 알아챘다.

"제가 생각하는 것보다 오차가 클까요?"

풍은 고개를 끄덕였다.

"저들도?"

"경지의 높음은 단순히 보는 것만으로는 알 수 없습니다. 더구나 지금 언급되고 있는 것과 같은 최상층의 무경(武境)은 구름 속에 가려진 산과 같아 온전히 그 안으로 들어가 보기 전에는 그 실체를 짐작할 수 없을 것입니다."

의자에 몸을 묻고 있던 구양수가 몸을 일으켜 세웠다.

"더 강할 수도, 더 약할 수도 있습니다. 그것은 직접 겪지 않고서는 모르는 일."

"자네의 뜻은 어디에 있는가?"

남궁태민이 중인을 대신해 풍에게 말을 던졌다.

“선발대를 꾸렸으면 합니다.”

“선발대?”

“그렇습니다.”

“역할은 무엇이고?”

“탐색입니다. 운이 따른다면 적 전력에 대한 손상까지.”

“위험하지 않을까?”

“필요한 일입니다.”

“누구를 얼마나 데려갈 건가?”

구양수가 날카롭게 눈빛을 빛내며 풍에게 물었다.

“생각해 둔 이들이 있습니다.”

“혹 나도 갈 수 있을까?”

남궁태민이 은근한 기대를 갖고 풍을 바라보았다.

마교 주력을 대해야 하는 임무에 어정쩡한 전력은 오히려 해가 될 수도 있었다.

풍이 생각하는 자들은 분명 그 무위가 최고 경지에 달한 자들일 것. 남궁태민은 자신이 분명 그 안에 포함될 수 있으리라 믿고 있었다.

망자에겐 미안하지만 남궁태민은 이번 전란을 통해 새롭게 얻는 것이 많았다.

그중 가장 큰 것은 뭐니 뭐니 해도 세상을 보는 눈이 바뀌었다는 것이었다.

무인들의 전쟁 속에 지위와 출신은 의미가 없었다.

중요한 것은 개개인의 능력. 군문(軍門)의 전쟁이 아니었기에 대강의 큰 틀 속에서 실제로 살아 움직여야 하는 것은 개인의 개성이었다.

그래서 한편으로는 재미가 있었다.

그동안 살면서 느껴보지 못했던 새로운 활력을 전란은 생생이 전해주었던 것이었다.

어느 순간 생과 사는 잊었다.

때로는 자신이 사람임도 잊었다.

드넓은 평원에 사는 짐승들처럼 본능에 충실했고, 자신의 힘에 생을 의존했다.

그것은 원초적인 본능의 세계.

남궁태민은 그 생생한 삶에 대한 욕망과 처절한 생존 의식을 잊을 수 없는 것이었다.

몸과 몸이, 병기와 병기가 격렬하게 부딪히던 그 순간을 남궁태민은 떨칠 수 없었다.

끓는 피, 그리고 무인의 열정.

전장에서 풍을 만난 이후로 남궁태민은 새롭게 태어났다.

삶과 죽음은 결과로서 남는 것이다.

그 과정에서 느꼈던 후끈 달아오르던 열기를 그는 잊을 수 없었다.

그것은 또 다른 중독.

살아남은 자만이 누릴 수 있는 강자에 대한 보상이었다.

"그래주신다면 저야 좋죠."

풍이 시원하게 답을 주었다.

절대삼검의 위명은 그저 얻어진 것이 아니다.

비록 지금에 이르러 천하 세 손 안에 드는 고수라 말하기는 어렵게 되었지만 무림맹 고수를 통틀어 그를 능가할 무인은 거의 없는 것 또한 분명한 사실이었다.

"솔직히 같이 가주셨으면 하고 바라고 있었습니다."

남궁태민만한 고수는 여전히 드물다.

풍으로서는 마다할 이유가 없었다.

"좋아."

남궁태민이 손으로 무릎을 치며 호탕하게 웃었다.

"또 누구를 생각하나?"

구양수가 풍의 나머지 의중을 물었다.

"운과 오윤. 나머지는 그렇게 생각하고 있습니다."

"운이야 그렇다 치더라도 오윤이라면 그 무당의?"

"맞습니다."

"괜찮겠습니까?"

제갈손이 염려를 표했다.

그가 아는 오윤은 분명 뛰어난 후기지수이긴 하지만 다른 이들에 비해 모자람이 있었다.

걱정은 당연한 일.

"혜검을 얻었습니다. 무극선단을 받아 지금 몸을 다스리고 있는 중이구요. 운이 도착할 때쯤이면 제 몫은 충분히 할 정도는 되어 있을 겁니다. 걱정 마십시오."

"그런가?"

"놀랍구만."

구양수와 남궁태민이 동시에 낮은 목소리를 냈다.

그들이 무당의 비전을 모를 리 없었다.

"무당에 드디어 검선(劍仙)이 탄생하겠구나."

새로운 고수가 속속들이 등장한다.

한 시대에 하나를 구경하기 힘든 절세의 고수가 때를 아는 듯 곳곳에서 나오고 있었다.

난세, 그리고 풍운.

하늘은 때를 알아 영웅들을 내리니, 천하를 울리던 거대한 격동의 소용돌이는 이제 그 정점을 향해 치달리고 있었다.

*   *   *

며칠 후, 남궁세가로부터 운이 도착했다.

그리고 내자(內子)의 임신 소식을 전하는 운의 표정은 무척 행복해 보였다.

"수고했다."

어감이 묘한 남궁태민의 말에 운이 괜히 움찔했고,

"살 빠진 것 같아. 밤에 너무 무리한 거 아냐?"

능글거리는 영춘의 말은 절대의 신공이 되어 운을 당황시
켰다.

"어? 얼굴 빨개졌는데? 진짠가 보다."

"하하하."

"허허허."

당황하는 운을 놀리며 사람들이 즐거이 웃었다.

붉어진 얼굴로 잠시 놀림감이 된 운이 슬쩍 검병에 손을 댔
다.

그러자 일순간 찾아온 정적.

"허허허."

"하하하하하."

다시 솟는 웃음과 서로 나누는 인사 속에 사람들의 만남은
의미를 더해갔다.

'조카.'

풍은 기분이 묘했다.

결혼을 했으니 아이가 들어서는 것은 당연한 하늘의 섭리
건만, 그 당연한 일이 풍에겐 큰 감동이었다.

핏줄이다.

하늘 아래 둘밖에 없는 그들 형제에게 같은 피를 공유하는
혈연의 등장은 겪어본 사람만이 알 수 있는 커다란 기쁨이었
다.

"고맙다."

“네가 왜?”

손을 잡는 풍에게 운이 묘한 웃음을 지었다.

“그냥.”

“별스럽긴.”

말은 퉁명스러웠지만 운은 알고 있었다. 풍의 저 말에 어떤 의미가 담겨 있는지를.

처음 남궁설로부터 아이 얘기를 들었을 때 그가 한 말도 ‘고맙소’ 였다.

둘이 셋이 되었다.

만약 운이 아이를 더 낳고, 풍이 혼인을 하여 아이를 낳는다면, 셋이 넷이 되고, 그 수는 다섯, 여섯으로 계속 불어날 것이다.

가족, 그리고 가문.

그것은 그렇게 시작되는 것이었다.

*　　　*　　　*

화산을 내려온 풍 일행은 마교가 오고 있을 간숙을 향해 출발했다.

최소한의 휴식만으로 체력을 보충하며 달리고 또 달리기를 여러 날. 일행은 마침내 감숙 난주(蘭州)에 도착했다.

부쩍 차가워진 날씨에 몸으로 느껴지는 대기가 꽤 쌀쌀

했다.

"저기 보이는 황하(黃河)를 건너면 본격적으로 하서회랑(河西回廊)이 시작됩니다. 무위(武威)를 가기 전 오초령(烏鞘嶺)을 넘으면 거기서부터는 평탄한 지형이라, 마교 교도들과 봉착했을 때 은신을 하기가 마땅치 않을 것입니다. 유의하십시오."

난주에서 풍 일행을 기다리고 있던 무림맹 사람이 마지막일 수도 있는 편안한 잠자리를 제공하며 감숙 지리에 대해 자세한 설명을 해주었다.

"평원이라 했나?"

"그렇습니다. 제검 어른. 좌로 기련 산맥이 뻗어는 있지만 오른쪽 사막과는 꽤나 멀리 있어 산에 은신을 하게 되면 자칫 상대를 제대로 보지 못할 수도 있습니다."

풍을 비롯한 일행의 목적은 상대의 힘에 대한 실측이었다.

단지 그들의 행동거지를 감시하는데 목적이 있는 것이 아닌 만큼 최대한 그들에 근접하는 것이 중요했다.

"차라리 여기서 기다리는 것은 어떨까요?"

탁 트인 평원에서 대놓고 상대를 맞이할 수는 없으니 차라리 난주에서 그들이 오기를 기다리는 것이 나을 수도 있겠다는 것이 오윤의 생각이었다.

"많이 기다려야 할 텐데."

모자라진 않지만 남아도는 시간도 아니었다.

보고, 느끼고, 분석하고, 대비해야 했다.

그러기엔 넉넉하지 않은 시간이다.

"일단 고개를 넘고 생각하죠."

말보다 행동이 빠른 풍이 그렇게 결론을 내렸다.

*　　*　　*

오초령은 말이 고개지 거대한 산맥의 상부이다.

높이가 천 장[1]이 넘는 고개를 바삐 넘어서니 눈 아래로 넓게 펼쳐진 평원이 나타났다.

"만만치 않군요."

가릴 곳이 없다.

산을 타고 몰래 다가갈 수는 있겠는데, 가까이 다가가 살펴볼 만한 지형은 보이지 않았다.

"어쩔까?"

묻는 남궁태민도 답이 없기는 마찬가지. 어떤 식으로든 결정이 필요한 순간이었다.

"할 수 없죠. 빤히 보면서 마주할 밖에."

운이 씩 웃으며 먼저 걸음을 옮겼다

"하긴. 별다른 뾰족한 수도 없으니."

그 뒤를 풍이 따라나섰다.

---

1) 실제 높이는 약 3,500m

“들키면 어쩌시려구요.”

뒤를 따르며 묻는 오윤에게 남궁태민이 풍 대신 답을 주었다.

“튀어야지.”

오윤의 등을 한 번 툭 치고 남궁태민이 앞을 나섰다.

“경공은 자신 있지?”

여차하면 도망칠 것이라는 풍의 말.

“무당이 검으로만 유명한 것은 아닙니다.”

일행의 의도를 파악한 오윤이 등에 맨 검을 다시 한 번 제대로 갈무리하고는, 일행의 맨 마지막에 서서 경공을 전개했다.

선두에 선 자는 풍이었다.

아무래도 무공 수준이나 경험 등이 일행 중 가장 나은 편이기에 앞길을 여는 일을 자연스레 그가 담당하는 것이었다.

“제대로 봐보자. 범의 아가리가 얼마나 큰지.”

은폐 지형이 없는 평원에서 마교의 마인들을 조우하는 것은 말 그대로 범의 아가리에 머리를 들이미는 것과 같은 것이었다.

긴장감이 서서히 피어올랐다.

심장박동이 격해지고 혈액 순환이 빨라지면서 몸 안으로 은은한 열기가 느껴졌다.

‘나는 지금 살아 있다.’

온몸이 전하는 살아 있는 생기에 남궁태민은 뿌듯한 만족감을 느꼈다.

그가 원했던 것이 바로 이런 것. 일행의 가운데에서 신형을 날리고 있는 그는 다가올 미지의 위험에 오히려 남모를 기대를 갖고 있는 것이었다.

하루를 꼬박 달리고 기련산 기슭에서 풍찬노숙(風餐露宿)을 하고 난 다음 날. 일행은 떠오르는 아침 해를 등에 지고 다시 길을 나섰다.

전날부터 하늘이 흐리더니 마침내 늦가을 첫눈이 내리기 시작했다.

양이 많지 않아 쌓일 정도는 아니었지만 황량한 풍광을 가려주는 눈은 지루한 여정에 새로운 활기로 다가왔다.

"전진 속도는 늦추고 상황 파악에 조금 더 집중한다."

세작이 전해주는 정보가 있었으나 만약을 대비해 오초령을 넘은 후 연락을 끊었다.

산맥 저 어딘가에서 무림맹 사람들이 자신들을 보고 있을 테시만, 상호 간에 오기는 교류는 어제로 끝이었다.

이제 믿을 것은 자신들의 간가뿐, 기감을 열어 전방을 주시하고 천천히 적과의 조우를 대비하고 있는 실정이었다.

[거리를 정확히 잡아야 한다.]

길을 가면서 풍은 오윤에게 앞으로 유념해야 할 것들을 일러주고 있었다.

[지금은 함께 움직이고 있지만, 적을 만났을 때 일행과 무조건 함께 있겠다는 생각은 버려라.]

[네, 형님.]

[잊지 말아라. 적과의 거리 계산은 전적으로 네가 판단하는 것이다. 일행 누구를 참고해서도 안 된다. 너의 거리는 네가 잡는 것이다. 최대한 멀게. 그것이 무엇보다 중요한 일이다.]

[알겠습니다.]

오윤의 대답은 씩씩했다.

사람에게는 누구나 거리가 존재한다.

친분을 말할 수도, 떨어진 공간을 말할 수도 있는 그 거리는 신분과 지위, 직업과 성별에 따라 저마다 큰 차이를 보이게 마련이다.

무인에게도 거리가 있다.

그리고 무인에게 거리란, 간격과 영역을 의미하는 것이 일반적이다.

권법을 처음 배운 자에게 거리란 손과 발이 뻗어지는 만큼이며, 검이나 도를 배우는 자에게 거리란 검극이나 도첨이 닿는 곳까지일 것이다.

일수를 시전해서 상대에게 피해를 줄 수 있는 만큼의 길이, 그리고 그것이 상하좌우 입체적으로 다루어지게 되면 그 거리가 곧 영역이 된다.

초보자에게 창은 절대적 무기이다.

손이나 발, 검이나 도가 창의 긴 길이를 당해내기가 너무나 어렵기 때문이다.

그래서 군문에서는 일반 병사에게 검이나 도가 아닌 창을 가르친다.

평범한 이에게 일 장(一丈)에 다다르는 창의 길이는 쉽게 넘기 힘든 벽이기 때문이다.

그러나 무공이 상승하고 경지가 높아지면 얘기는 달라진다.

무공이란 반드시 손과 발과 같은 몸이나, 검과 도와 같은 살상 도구의 직접적 상해를 목표로 하지 않기 때문이다.

검기는 창의 길이를 넘어서 상대에게 타격을 입힐 수 있고, 손에 뿜어지는 장풍은 손이 닿을 수 있는 거리를 넘어선다.

거기에 표홀한 신법까지 더해지게 되면 얘기는 더욱 달라진다.

결국 무인에게 있어 거리란 물질적 도구의 간격이 아니라 개인의 능력치의 발현이 되는 것이다.

그래서 거리는 사람마다 다르다.

고수일수록 거리가 길고 하수일수록 거리는 짧다.

고수는 거리 계산에 능하다.

거리를 정확히 잰다는 것은 곧 상대의 역량을 정확히 파악

했다는 뜻이기도 하다.

[또한 쓸데없는 호승심을 부려서도 안 된다. 우리는 시금 싸우러 나온 것이 아니다. 우리의 목적은 상대의 힘을 파악하는 것이라는 걸 결코 잊어서는 안 될 것이다.]

내리는 눈발 사이로 풍의 전음은 계속 이어졌다.

오윤이 혜검을 이었으나 완전하지 않았다.

운이나 제검에 비해 상대적으로 약한 것이 오윤이었다.

그래서 염려는 걱정으로, 그리고 걱정은 교육으로 이어졌다.

[잊지 마라. 가장 중요한 것은 살아 돌아가는 것이지, 붙어 싸우는 것이 아니다. 명심하고 또 명심해야 할 것이다.]

[꼭 그리하겠습니다.]

앞에서 풍이 달리고 있었다.

보이는 풍의 등이 무척 넓어 보였다.

큰 키에 호리한 체형인데 풍이 풍기는 무형의 기운이 그의 몸을 실제보다 더 커 보이게 만들었다.

앞에 서서 내리는 눈발을 막아주듯, 앞으로 닥칠 일에서도 그는 일행의 안위를 챙겨줄 것이라는 믿음이 섰다.

기댈 수 있는 커다란 기둥.

'짐은 되지 말자.'

오윤은 자신의 역량과 위치를 정확히 알고 있었다.

　그래서 오윤은 여차하면 돌아서 물러날 생각이었다.

　갈 때는 최후방이지만 돌아서면 가장 선두가 되는 자리. 오윤이 일행의 맨 뒤에서 따라가고 있는 것은 바로 그런 이유 때문이었다.

＊　　＊　　＊

　눈이 그치고 두터운 구름 사이로 빛이 새어 나왔다.

　땅을 향해 내리는 밝은 빛줄기들은 따스한 온기를 일행에게 전해주며 휴식을 돕고 있었다.

　"내가 아는 마교는 그런 곳이야."

　건포 하나를 손에 든 남궁태민이 말을 이어갔다.

　"가진 힘이 모든 것을 지배하는 곳. 무림 강호를 힘이 지배하는 세상이라 말하지만, 그래도 그 안에는 다른 무수한 예외가 존재하지. 하지만 마교는 오로지 그것 하나뿐이야. 힘. 세상 그 어떤 곳보다 힘에 대한 숭배가 철저한 곳이야."

　해가 남(南)을 지나 서(西)로 넘어가는 시간. 일행은 평원 가운데 잠시 자리를 잡고 건량으로 요기를 하고 있었다.

　보이진 않지만 느낄 수 있었다.

　적이 멀지 않고, 편히 앉아 식사를 할 시간은 지금밖에 없다는 것을.

　암묵적 동의하에 일행은 배를 채우며 심신을 추슬렀다.

　별일 없이 다시 온 길을 갈지, 아니면 최악의 일이 발생해 생사를 건 결투가 벌어질지, 누구도 장담 못하는 상황이었다.

　몸을 최선으로 유지하는 것은 무사의 기본이다.

　일행은 묵묵히 건량을 씹으며 남궁태민의 말을 듣고 있었다.

　"마지막으로 그들이 세상에 나온 것이 삼백 년 전이야. 그들이 중원에 들어설 때마다 많은 피가 흘렀고, 많은 희생이 따랐어. 비록 번번이 패퇴하여 다시 왔던 길을 돌아가야 했지만 마교가 남긴 상처는 결코 적다 할 수 없었다더군."

　"그럼 삼백 년 전 이후로는 그들이 한 번도 중원에 들어선 적이 없었다는 말입니까?"

　"내 알기로는 그래. 혹 한둘이 몰래 들어서는 경우는 있었겠지. 그러나 공식적으로 그들이 중원에 모습을 드러낸 것은 그때가 마지막이야."

　"왜 그랬을까요?"

　"그게 의문이야, 왜 그랬는지."

　남궁태민이 건포를 찢어 입안에 넣고는 한참을 우물거렸다.

　"맛있군. 확실히 건포는 이런 곳에서 먹어야 제맛이야. 아, 정말 술이 없는 게 아쉽군. 먹어보겠나?"

　남궁태민이 먹던 건포를 풍에게 내밀며 맛을 권했다.

　"전 괜찮습니다."

풍이 손을 저으며 사양을 표했다.

"맛있는데."

남궁태민이 남은 건포를 마저 입에 털어놓고 물 한 모금으로 목을 적셨다.

"추측은 많았지. 가장 신빙성 있던 말이 내분으로 인한 자멸이었고. 그러나 정확한 이유는 누구도 몰라. 오직 그들만이 아는 비밀이지."

남궁태민이 말을 마치고 손에 묻은 건포 조각을 털어내었다.

"먹기도 다 먹었고, 쉴 만큼 쉰 듯하니. 자, 그럼 그만 일어나 볼까?"

"네, 어르신."

잠시의 휴식이 끝이 났다.

남궁태민이 자신의 행장을 챙겼고, 일행 또한 주섬주섬 주변을 정리하고는 하나둘 자리에서 일어섰다.

"이제 얼마 안 남았군. 정말 궁금하네. 듣던 것처럼 그들이 그렇게 대단한 자들일지 말이야."

"겪어보면 알겠죠. 과연 그들이 이름만큼 대단한 자들인지는."

마교는 한 겹 어둠의 장막 속에 자신들을 가려왔다.

아는 것보다 모르는 것이 더 많은 마교는 그래서 더 두려운 대상일지도 모른다.

그러나 아직 일행 중엔 마교에 대해 걱정하는 자는 없었다.

드넓은 평원과 탁 트인 시야는 차가운 가을바람을 여과 없이 전하며 일행의 전진을 막기 시작했다.

그러나 미지에 대한 두려움보다 기대와 호기심이 더 큰 일행은 얼마 남지 않은 적을 향해 다시 걸음을 옮겨갔다.

第三章

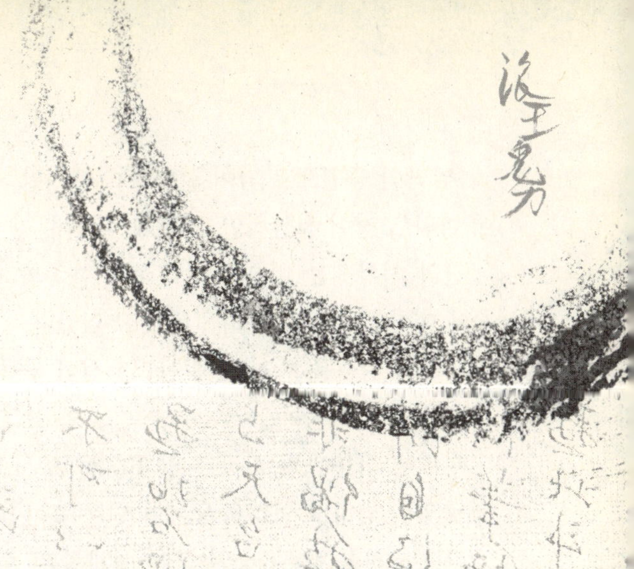

옥문관을 넘어선 마교가 중원으로 들어서기 위해 반드시 거쳐야 하는 하서회랑은 서역과 중원을 잇는 중요한 길목이었다.

기련 산맥과 고비사막 가운데 복도처럼 길게 난 이 지역은 천 수백 년 전 곽거병이란 젊은 장군이 흉노를 몰아내고 길을 닦은 후 중원 문물이 서역으로 통하는 주요 통로가 되어온 곳이었다.

그 안에 있는 옥문관, 가욕관으로 이어지는 많은 관문은 외세의 침입을 막기 위한 중원수호의 보루로서, 황군의 군마 소리가 예나 지금이나 그치지 않고 울려 퍼지고 있었다.

　"남만이 중원으로 넘어올 때도 그랬지만, 아무리 생각해도 이 나라 조정이 정상적인 것 같지는 않아."

　진의 시황제를 비롯해서 대대로 한족의 황실들은 북방민족에 대한 근본적인 두려움을 갖고 있었다.

　그들의 침략을 막기 위해 만리장성이 쌓아졌고, 여러 개의 관문이 생겨났다.

　때문에 옥문관과 가욕관을 비롯한 하서회랑의 관문들은 그 출입이 엄하고 엄격히 통제가 되는 곳이었다.

　신분 고하를 막론하고 누구든 쉽게 오갈 수 없는 곳이 이곳 하서회랑의 관문들이다.

　그런데 마교 마인 오백은 별다른 제재 없이 관문 안으로 들어왔다.

　아무리 마교라 하나 백만 황군의 힘을 능가할 수는 없는 것이 정확한 현실임을 비추어 봤을 때, 분명 이면에 무언가 수작이 있었음에 틀림없었다.

　그러나 그 배후의 농간이 누구에 의해 이루어졌는지는 길게 고민할 필요가 없는 일이기도 했다.

　"백가겠지?"

　풍은 묵묵히 고개를 끄덕였다.

　"첩첩산중이구나. 여우 피하니 호랑이를 만난다고. 서장과 남만을 넘어서니 마교가 있고, 그를 넘어선다 해도 거기서 끝나는 것이 아닐 터이니. 허허, 참. 말년에 심심하지 말라고 하늘이 이 늙은이에게 꾸준히 일거리를 주시는구나.”

남궁태민이 껄껄 웃으며 쉰 소리를 해댔다.

“군왕은 백성을 위해 존재하고, 신하는 그 군왕이 제대로 백성을 위해 일하도록 돕기 위해 필요한 자들이지. 그러나 역대로 그런 군왕과 신하를 들라면 손에 꼽을 정도이니, 이럴 때마다 나는 내가 무림인이란 것이 얼마나 다행인지 모르겠다.”

남궁태민이 연이어 쓴소리를 내뱉었다.

무사와 위정자는 가까우면서도 먼 사이.

풍은 머리를 저으며 그들의 추한 욕심에 대한 생각을 털어버렸다.

오초령에서 내려왔다지만 하서회랑 지역은 평지보다 수백 장 높은 고원지대이다.

본디 높은데다 현재 지나는 곳은 그 폭 또한 넓어 가을의 황량함이 뼈에 사무칠 정도였다.

이런저런 애기를 나누며 길을 가던 일행이 어느 순간부터 말수가 줄어들었다.

화세가 다한 것은 아니었다.

직관, 그리고 육감.

마교 마인들이 코앞에 당도했음을 느낀 탓이었다.

선두를 걷던 풍이 걸음을 멈추었다.

운이 멈추고, 남궁태민이 멈추었다.

조금 떨어져 걷던 오윤까지 제자리에 서자 황량한 평원에 긴장감이 흐르기 시작했다.

그렇게 서 있기를 얼마, 마침내 멀리 지평선 위로 검은 형상들이 조금씩 솟아올랐다.

한 점이 솟아오르더니 그 점을 정점으로 좌우로 길게 검은 형상이 펼쳐졌다.

차츰 차츰 솟구치는 검은 형상들.

그것들은 조금씩 뚜렷한 모습을 갖추어갔고, 그것이 말을 탄 사람들의 모습으로 확정될 무렵 그 솟던 움직임이 멈추었다.

"왔군."

마교와 풍 일행의 첫 번째 만남이었다.

＊　　　＊　　　＊

"넷이라……."

묘한 숫자였다.

자신들을 막아설 요량이라면 넷이 아니라 그 수천 배는 되어야 한다.

그런데 평원 한가운데 대놓고 선 모습이 정탐꾼이라 보기에도 이상했다.

"흐음……."

넷이라는 숫자가 주는 묘한 위화감이 단리천의 신경을 건드렸다.

날파리는 꾸준히 있었다.

자신들의 주변을 맴도는 날파리들의 존재는 옥문관을 넘기 이전부터 이미 알고 있던 부분이었다.

그러나 날파리라면 저렇게 모습을 드러낸 채 마중을 나올 이유가 없었다.

"뭘까?"

주변으로 느껴지는 인기척은 없었다.

혹시 함정을 팠다 하더라도 극마의 경지에 다다른 자신의 이목을 속이기란 쉽지 않을 것.

그러나 고민은 필요 없었다.

꿍꿍이가 무엇이든 천하에 자신을 어찌할 것은 없다.

"도마(刀魔)."

단리천이 십대마존 중 일인을 불렀다.

"확인하고 오겠습니다."

옆에 서 있던 도마가 하명을 받고는 말에서 신형을 날렸다.

무표정하던 단리천이 입가에 미소가 맺혔다.

'어디 한번 볼까?'

소리 없이 나는 야조처럼, 도마는 공중을 둥둥 떠서 멀리 서 있는 풍을 향해 날아갔다.

지루했던 여정에 재밋거리가 생겼다.

“내가 갈까?”

날아오는 도마를 보며 운이 풍에게 의사를 물었다.

아직 손을 섞진 않았지만 상대의 강함이 멀리서도 느껴졌다.

거리가 있어 미미하긴 했지만 대기를 타고 전해지는 파동이 상대의 수준을 대강이나마 짐작케 했다.

“하나는 괜찮지만 둘 이상은 생각해 볼 문제야.”

풍은 상대의 역량에 대해 이미 정확한 판단을 내렸다.

날아오는 도마는 운의 상대가 되지 못한다.

강호에 나선다면 분명 최상층의 경지로 인정받을 것이 분명했지만 운은 그와는 또 다른 경지의 고수이다.

둘이 붙는다면 확실히 운의 필승이다.

그러나 그만한 고수가 저쪽엔 열이 넘게 있었다.

더구나 금관에 흰 수염을 한가운데 노인은 멀리서는 짐작이 되지 않는 고수 중의 고수였다.

‘마교 교주.’

그가 마교 교주임이 분명했다.

“건드려는 보자. 여기까지 와서 얼굴만 보고 간다는 것도 예는 아닌 듯하니. 그러나 나가지는 마. 무리할 필요는 없어.”

“알았어.”

운이 두 발을 어깨너비로 벌린 채 제자리를 지켰다.

왼손에 들린 검은 언제든 주인의 의지를 따라 뽑혀 나올 것이었다.

운은 가만히 서서 안으로 내기를 돌리며 상대와의 첫 합(合)을 기다리고 있었다.

'어쩔 것이냐?'

보는 눈이 있다면 완전히 다가오진 않을 것이다.

하지만 수준이 낮거나 혹 뒤를 믿는다면 한 차례의 결전은 생각하고 있어야 했다.

도마를 보는 풍의 눈빛에 한광이 감돌았다.

'강적!'

공중에 떠서 풍을 향하던 도마가 몸을 한 차례 비틀면서 바닥에 내려앉았다.

멀리서 볼 때는 몰랐지만 상대는 평범한 무인이 아니었다.

'십존급. 아니, 그 이상?'

두 눈에 내기를 실어 상대를 보는 시야를 넓혔다.

온몸의 기감을 열어 미세한 상대의 기세를 느끼려 했고, 지난 삶의 경험에서 오는 직관으로 상대의 힘을 파악하려 애썼다.

'나를 넘는 상대였구나.'

도마가 내리는 판단은 풍으로부터 내려진 것이 아니었다.

도마에게 풍은 평범한 일반인, 딱 그것이었다.

그렇다면 그것이 주는 의미는 분명했다.

진짜 평범하거나, 자신의 역량을 넘는 고수이거나.

도마의 판단은 풍이 자신을 뛰어넘는 고수라는 것이었다.

근거는 풍의 뒤에 서 있는 운.

두 발을 벌린 채 마치 자신을 기다리고 있었던 것처럼 시선을 보내는 옥빛 장삼의 청년은 도마에게 상당한 위압감을 주고 있었다.

저만 한 강자가 힘없는 일반인을 맨 앞에 내세워 다가오는 적을 맞이할 이유가 없다.

도마는 파악 못 한 풍의 실체를 자신을 능가하는 고수라 판단 내렸다.

'처음 마주한 상대가 이런 상대라니. 중원에 기인이사가 모래알처럼 많다는 말이 헛말은 아니었군.'

땅에 내려선 도마와 마교 본진과의 거리는 삼십여 장, 그리고 마주한 풍과의 거리는 십여 장쯤 되었다.

'곤란하게 됐군.'

도마는 서둘렀던 자신의 행동을 후회하고 있었다.

알게 모르게 중원무림을 얕보고 있었던 자신의 편견이 진중이라는 가장 기본 덕목을 잊게 만든 것이었다. 그것도 처음 접하는 적을 상대하는 과정에서.

멀리서 그 광경을 보고 있던 교주 단리천이 오른손을 들더니 앞으로 손을 까딱거렸다.

"존명."

"존명."

복명 소리와 함께 단리천 옆에서 다시 두 명의 마인이 몸을 날렸다.

하얀 얼굴에 얼굴보다 더 하얀 손을 장삼 밖으로 꺼내는 자가 소마(素魔)였고, 끝부분이 검은 천에 싸인 은빛 봉을 든 자가 창마(槍魔)였다.

'자, 어디 몸부림을 쳐 보아라.'

단리천은 도마의 행동에서 상대적 전력을 느꼈다.

도마는 저 앞의 적들의 상대가 되지 못한다.

그리고 뒤에 추가된 두 명의 십대마존 또한 저들을 제압하지 못할 것이었다.

그럼에도 도마를 부르지 않고 둘을 다시 내보낸 것은 일종의 미끼였다.

'물어라.'

중원에서 처음 만난 적이었다.

서리를 두는 것으로 보아 평범한 염탐꾼이 아님은 확실했다.

능력 있고, 치밀했다.

숫자로 보아 자신들과 전면적으로 싸울 상대는 아니었다.

다가가면 물러설 것이 뻔한 이들.

그러나 첫 제물을 그렇게 놓치고 싶지 않았다.

"준비하라."

미끼를 물어 약간의 시간이라도 지체한다면.

"모조리 잡는다."

목을 베어 제물로 쓸 터였다.

단리천은 흥분을 느꼈다.

그리고 살짝 긴장도 되었다.

그러나 그것은 낚시를 하는 강태공의 긴장이었지 상대를 걱정하는 긴장은 아니었다.

풍은 다시 다가오고 있는 소마와 창마엔 눈길을 주지 않았다.

그의 시선이 머문 곳은 가운데 노인.

[어르신과 오윤은 뒤로 물러나십시오.]

자신은 모르지만 남궁태민과 오윤은 자칫하면 적에게 발목이 잡힐 수도 있었다.

듣던 것처럼 마교 교주가 천인의 경지를 넘어선 자라면 이쪽의 전력을 모를 리 없었다.

전체가 아닌 수하 둘을 다시 보낸다는 것은 이쪽의 발을 잡아 시간을 벌어보겠다는 속셈임이 분명했다.

'누굴 바보로 아나?'

순순히 적의 의도대로 놀아날 생각은 없었다.

그리고 얄팍한 꼼수는 대가를 치러야 한다.

풍이 비린 웃음을 짓고는 허리에 차고 있던 도에 손을 가져갔다.

찰나의 승부.

한 호흡을 넘기면 이쪽이 잡힌다.

'베고 물러선다.'

풍은 미끼를 물 생각이었다.

그러나 딸려 올라가진 않을 것이었다.

'먹고, 튄다.'

풍의 눈이 반짝 빛났다.

*　　*　　*

─검은 검이되 검이 아니니, 기는 기가 아니어야 기가 되는도다.

하나가 하나를 넘어 다시 하나를 지나면, 그때 비로소 검은 검이 아니게 될 것이니, 저 하늘 붉게 물드는 장엄한 노을은 그제야 온연한 빛을 품을 것이라.

백문요와의 결전에서 검하(劍霞)의 그림자를 언뜻 보았다.

　병상에 누워 몸을 움직이지 못하는 상황에서도 끊임없이 당시 상황을 그리고 또 그렸었다.

　'조금만 더, 조금만 더.'

　잡힐 듯 잡히지 않는 검의 묘리에 다친 가슴보다 더 아리는 마음이었다.

　검하는 수줍어 쉽게 자신을 내보이지 않았다.

　검하는 낯을 가려 쉽게 그 본질을 열어 보이지 않았다.

　그리고 시간이 흐를수록 흐려지는 느낌에 남몰래 안타까워 벽을 치기도 했었다.

　풍이 전해준 현천검결은 운에게 빛이 되었다.

　한없이 멀기만 하던 검하의 경지를 검결은 너무도 명확하게 보여주고 있었다.

　현현백경에 있던 검결은 어딘가 자신이 걸어가고 있는 방향과 닮은 데가 있었다.

　그래서 이해가 쉬웠고, 막혔던 곳이 뚫리기 시작했다.

　범인에게는 암호 이상의 어려운 글일 테지만, 운에게 검결은 모든 길을 상세하게 알려주는 최고의 안내자였다.

　검결은 흐리던 운의 머리를 개운하게 만들었다.

　'영광으로 알아라. 세상에 처음 선보이는 검하의 상대가 된 것을.'

　검병을 잡아가는 운의 손이 잠시 흔들리더니 이내 안정을 찾고 부드럽게 검파에 자리를 잡았다.

그리고 서서히 보이는 검신.

태양이 작열하듯 눈부신 빛이 검신으로부터 새어 나왔다.

한 치, 두 치. 조금씩 검신이 검갑을 벗어나며 빛 또한 더욱 강렬해지더니 어느 순간 검에서 강한 빛이 사라지고 은은한 노을이 운의 전신에서 퍼져 나가기 시작했다.

하늘을 물들이고 대지를 적시며 사방으로 번져가는 주홍빛 노을.

"대체!"

오윤은 경악했다.

멀찍이서 일행을 보고 있던 오윤은 그 장엄한 광경에 할 말을 잃었다.

땅에서 솟아 온 천지를 물들이는 찬연한 노을에 오윤은 누구보다 벅찬 경이로움을 느끼는 것이었다.

"크윽!"

도미는 비명을 질렀다.

윤의 검신이 뽑힐 때, 도강을 세워 맞설 채비를 갖추고 있었다.

만만한 상대로 보지 않았기에 제대로 된 한 수를 준비하고 있었다.

'대체 이것은…….'

그러나 상대의 검은, 아니, 검이라 일컫기도 불분명한 상대의 초식은 자신의 예상을 훨씬 넘어버렸다.

부드러운 노을빛이 천지를 감싸더니 자신의 온몸 또한 그 안으로 품었다.

따스하고 온화한 주홍의 빛. 하지만 그 노을빛은 절대 따스하지도 온화하지도 않았다.

노을빛에 싸이는 순간 끔직한 고통이 이어졌다.

빛살 한줌 한줌이 예리한 칼날이 되어 전신을 난자했다.

볼 수는 있었지만 막을 수는 없던 상대의 검.

손 안의 모래가 새어 나가듯 도마는 극히 미세한 가루가 되어 부는 바람에 흩어져 갔다.

절대검경을 상징하는 검하지검.

운의 검은 그 이상이 없는 경지에 다다른 것이었다.

*　　　*　　　*

도마가 한 줌 가루가 되어 사라지던 때, 소마와 창마 또한 비슷한 길을 가고 있었다.

소마는 단리천의 곁을 떠나던 순간부터 몸 안의 내공을 전부 일으키고 있었다.

서열상 자신이 위라 하지만, 도마와 자신의 차이는 백지 두께보다 못한 미세한 차이였기에 도마의 반응으로 상대를 짐작하고 움직이는 상황이었다.

하얀 얼굴엔 핏기 하나 없었고 두 손엔 파르스름한 빛이 일고 있었다.

소수마공(素手魔功).

중원에도 그 명성이 잘 알려져 있는 희대의 빙한마공(氷寒魔功)이 구현되고 있는 것이었다.

그것은 창마 또한 마찬가지였다.

마교는 힘으로 서열을 정했다.

교주 이하 사대마령(四大魔靈)과 십대마존. 그리고 그 아래 호교백혈(護敎百血)은 자신의 서열이 곧 자신의 힘을 나타내는 수치였다.

그가 마존 서열 팔 위, 소마가 구 위, 도마가 끝자리인 십 위였지만 십대마존의 하위 서열은 뭉뚱그려 대접받는 것이 당금의 상황이었다.

그래서 도마가 긴장하는 적이라면 자신도 응당 긴장을 해야 했다.

풍과 운이 있는 곳으로 신법을 전개해 가며 창마는 은창을 덮고 있던 검은 덮개를 걷었다. 그러자 드러나는 날카로운 은빛 창날.

창마는 내기를 흘려 창날에 강을 세우고 풍의 목을 노리며 점점 더 다가갔다.

자신의 좌우로 다가오는 두 갈래의 기세를 보며 풍은 순간 적으로 내기를 폭발시켜 홍염을 피웠다.

일렁이는 불꽃 아래 풍의 우수가 빠르게 앞을 향했고, 몸을 휘돌고 있던 거센 불길이 도신을 타고 흘러 강을 이루었다.

'일 초.'

풍은 두 번째 초식을 생각지 않았다.

소마의 소수가 파리한 빛을 품고 부유하듯 공중을 떠돌더니 일순간 섬전 같은 속도로 풍의 머리를 노리며 떨어져 내렸다.

뒤이어 창마의 은창이 수십, 수백의 창영을 만들면서 풍의 가슴으로 쏘아졌다.

소수의 시린 한기와 은창의 매서운 강기, 두 절세고수가 만들어내는 마공의 합격은 둘의 힘을 더욱 배가시키며 풍을 위기로 몰아넣었다.

번쩍.

풍의 도에서 빛이 일었다.

간결하고 빠르나 그 안에 미증유의 힘을 담고 있는 풍의 일 도식은 두 번의 여유를 두지 않고 상대를 갈라갔다.

"윽!"

“컥!”

답답한 신음성이 연달아 터지고 허공에 핏빛 무지개가 붉게 피어났다.

털썩.

그리고 들리는 둔탁한 소리.

한때 도마였던 핏빛 가루를 흐트러뜨리며 두 마인이 시체가 되어 바닥에 쓰러졌다.

절대쾌도.

천하를 오시할 절정의 마인 둘이 풍의 일도를 버티지 못하고 저승의 망혼이 되어버렸다.

[후퇴!]

풍이 예리하게 눈빛을 빛내면서 운과 나머지 일행에게 전음을 넣었다.

일대일의 대결에서는 누구에게도 지지 않았다.

그 수가 백이든, 천이든 둘이 붙어 싸운다면 풍을 이길 자 세상에 없다 봐도 무방했다.

하지만 그런 풍이라 해도 전방에서 시꺼먼 마기를 풍기며 도열해 있는 마교 교도 전부를 상대할 수는 없었다.

풍은 소마와 청미의 시체를 확인하지 않았다.

그가 보는 것은 마교 교주의 얼굴. 멀리 떨어져 있어 정확한 표정을 읽을 수는 없었지만, 그의 안광의 번뜩임은 넘친다 싶을 만큼 충분히 느끼고 있는 중이었다.

풍은 허리를 꼿꼿이 세운 채 오연히 서 있었다.

손에 쥔 도는 빛을 뿜었고, 두 다리는 대지를 버텼다.

─올 테면 와보라.

풍은 시위를 하듯 굽힘 없는 자세로 단리천을 오시(傲視)했다.

'미꾸라지가 아니었군.'

단리천의 눈에 이채가 감돌았다.

"기다리라."

낮게 명을 내리고, 단리천이 앉은 채로 말에서 서서히 떠올랐다.

검은 마기가 구름처럼 단리천을 뒤덮었다.

느리게 부양하던 단리천이 공중에 선 자세 그대로 천천히 앞으로 전진해 갔다.

보고도 믿을 수 없는 경신공부였다.

무궁한 내공의 뒷받침 없이는 언감생심 꿈도 꿀 수 없는 극상의 경신법은 그의 경지가 어떠한지를 잘 보여주는 증거이기도 했다.

"너는 나와 싸워볼 의향이 있느냐?"

먼 곳에서 하는 말이었지만 단리천의 음성은 풍의 귀에 또렷이 들려왔다.

풍이 냉소를 지으며 고개를 저었다.

"나는 바보가 아니오."

그 역시 또렷하게 전달되는 말.

"내 뒤를 말함이더냐?"

섬뜩한 마기가 목소리에서 묻어났다.

"당연한 것 아니겠소."

시간의 지체는 곧 죽음으로 이어진다.

앞에 선 교주는 풍 자신도 감히 이긴다고 장담 못할 강자였
다.

손을 섞는 순간 발을 빼긴 힘들 것이고, 뒤에 서 있는 마인
들이 합류를 하게 되면 생은 보장받지 못한다.

"크하하하하하."

천천히 느리게 전진하던 단리천이 고개를 젖히며 크게 웃
었다.

한 사람의 웃음이었다.

그러나 드넓은 평원 전체를 울리는 그 소리를 어찌 감히 한
사람이 웃는 것이라 단언할 수 있을까?

"옳다, 옳아. 네 말이 옳도다."

느린 전진이었지만 어느새 단리천은 풍과 미교 무리의 중
간쯤에 다다라 있었다.

점점 좁혀지는 거리에 풍의 안색이 변했다.

더 좁혀지는 거리는 자신과 일행의 안위를 장담할 수 없

었다.

풍이 무형의 기세를 강하게 피워 올리며 단리천의 돌발 행동에 대비했다.

"너는 내가 누구인지 아느냐?"

풍의 움직임을 본 단리천이 전진을 멈추었다.

그리고 허공에 선 그대로 웃으며 풍에게 말을 건넸다.

"아마 마교의 교주라 짐작되오만."

"그렇다. 내가 바로 천산마교의 교주 단리천이다."

"난……."

막상 자신을 소개하려 하니 할 말이 마땅하지 않다.

"풍이라 하오."

낭왕도 귀도도 좋지만 제일 편한 것은 아무래도 자신의 이름이었다.

"바람이라. 좋은 이름이구나."

"그 말 너무 자주 들어 질릴 지경이오."

"하하하, 그렇더냐?"

몸을 둘러싼 마기와 어울리지 않게 단리천의 말엔 적의가 느껴지지 않았다.

"나는 너와 손을 겨루어보고 싶구나."

"잔꾀는 싫소."

잔꾀란 풍의 말에 단리천이 고개 젖혀 크게 웃었다.

"본좌를 믿지 못하겠느냐?"

“당연하지 않소.”

“수하를 다 물린다면?”

“언제든 다시 올 수 있는 자들이오.”

“나는 사내다.”

단리천의 눈빛이 달라졌다.

“나도 사내요.”

그러나 풍은 여전했다.

혼자라면 모르되 일행이 있다.

객기 넘치는 호탕함이 보기 좋아보일지는 모르지만, 책임은 호탕함에서 오는 것이 아니었다.

“내 너에게 하나를 더 묻고자 한다.”

잠깐 동안 말이 없던 단리천이 진중한 얼굴로 풍에게 말을 건넸다.

“말하시오.”

“너는 혹시 본교가 지난 삼백 년 동안 중원에 발길을 끊었던 사실을 알고 있느냐?”

“들어 알고 있소.”

“그렇다면 그 이유도 아느냐?”

“모르오.”

“당연히 모를 테지.”

“중요한 얘기요?”

남궁태민으로 마교에 대한 얘기를 들을 때 궁금했던 부분이긴 했다.

　가려진 비밀엔 호기심을 갖는 것이 사람의 본성. 그러나 풍은 굳이 이 자리에서 그 말을 꺼내는 단리천의 의중을 이해할 수 없었다.

第四章

삼백 년 전, 천산의 험준한 산령으로 한 사내가 들어왔다.

하얀 백의가 잘 어울리는 꽤 뛰어난 용모의 사내는 산과 어울리지 않는 귀한 복색으로 타인의 주목을 끌고 있었다.

여인을 닮은 붉은 입술에 사내에겐 어울리지 않을 듯한 팔찌까지 끼고서, 그는 천산의 험한 길을 거침이 오르고 있는 중이었다.

때는 겨울이 갓 지난 터라 선선한 기운이 온 산에 가득했다.

그늘이 머문 곳엔 여전히 녹지 않은 눈이 남아 있었다.

그리고 봄을 무색하게 하려는 듯 군데군데 얼음도 얼어 있었다.

하지만 산을 오르는 사내의 얼굴엔 그 흔한 땀방울 하나도 보이지 않았다.

조금의 지친 기색도 없이 평지를 걷듯 느긋하게 산을 오르는 백의 사내. 분명 평범한 인물은 아닌 자였다.

어느 순간 바위틈 좁은 길을 오르는 사내 곁으로 강한 인상의 사내 둘이 솟아나듯 모습을 드러냈다.

"멈추어라."

한눈에 봐도 범상치 않은 두 사내.

그중 한 명이 백의 사내의 목에 칼을 들이대며 발길을 멈춰 세웠다.

"웬 놈이냐?"

"그냥 산을 오르는 사람이오."

목을 거눈 사내의 칼끝에 살기가 일었다.

"거짓은 한 번만 받아들이겠다. 네놈은 누구냐?"

그냥 산을 올랐다는 말은 거짓이다.

산을 타고 올라왔지만 백의 사내가 올라온 길은 엄밀히 말해 천산의 산로가 아니었다.

오직 길을 아는 사람만이 오갈 수 있는 가려진 비밀의 길. 마라환몽대진(魔羅幻夢大陣)이란 이름이 붙어 있는 상고의 절진이 펼쳐져 있는 길이었다.

"그럼 손님이라 합시다. 그대들의 윗전을 만나러 먼 곳에서 온 손님"

백의 사내가 웃으며 두 사내를 바라보았다.

냉랭한 상황과 어울리지 않게, 사내의 웃음은 싱그러웠다.

*   *   *

"내가 이 얘기를 들어야 하는 특별한 이유라도 있소이까?"

뜬금없는 단리천의 얘기에 풍은 속으로 조금 당황했다. 나이가 많으니 노망이라도 든 것인가 하는 의문이 들 만큼.

어딘가 까칠한 풍의 말에 단리천이 시커먼 마기를 넘실대며 말을 이었다.

"있다."

"무엇이오? 그 이유가."

"신의. 그리고 말의 무게. 난 그것을 말하고 있는 것이다."

*   *   *

백의 사내는 공손히 인사를 했다.

멀리 높은 단에 앉아 아래를 내려나보고 있던 마교 교주 단리목(端里木)이 의자에 기댄 몸을 펴지도 않고 그의 인사를 받았다.

의도하지 않아도 주위를 휘감는 마기는 그가 극강의 마인임을 나타냈다.

"본좌와 손을 나누어보기 위해 찾아왔다고?"

단리목의 카랑카랑한 목소리에는 은연중에 상대를 압도하는 거친 힘이 숨어 있었다.

"그렇습니다."

"허허허. 참으로 발칙한 생각이구나."

단리목이 느긋이 몸을 세우며 백의 사내를 쳐다보았다.

기껏해야 서른 안팎의 젊은 사내였다.

절진을 넘어 교의 제자들을 넘어 오지 못했다면 관심조차 둘 필요가 없는 사내였다.

"내 얘기는 전해 들었다. 여기까지 오기 위해 서른이 넘는 본교 제자를 물리쳤다지?"

강자는 그에 맞는 대접을 해주는 것이 마교의 전통이었다.

"교주와 겨룰 수 있다면 그보다 더 많은 이를 거칠 용의도 있습니다."

백의 사내의 바르고 정한 눈빛이 대전에 가득 찬 짙은 마기를 뚫고 단리목에게 전해졌다.

나름 강단이 있는 놈이었다.

"이 자리가 목적이더냐?"

"저는 교의 신도가 아닙니다."

백의 사내가 머리를 저었다.

"그럼 나를 이겨 명성을 얻고자 함이더냐?"

“그도 아닙니다.”

“그렇다면 진짜로 단지 나와 힘을 겨루어보고 싶어서?”

“그렇습니다.”

백의 사내가 왼손에 찬 팔찌를 한 번 쓰다듬더니 낭랑한 목소리로 말을 이었다.

“천하제일의 무공을 얻었습니다. 천하 누구에게도 지지 않을 천상천하제일의 신공이지요. 그러나 가문의 가법이 엄해 그 힘을 펼쳐볼 기회조차 얻지 못했습니다.”

“천상천하제일의 무공?”

오만했다.

“그렇습니다. 그래서 이 먼 곳 천산까지 찾아온 것입니다. 이곳은 세상 그 누구와도 철저히 단절된 곳이라 들었습니다. 그렇기에 제가 이기든 지든, 그 결과가 천하에 퍼져 가법의 엄한 문책을 받아야 하는 부담을 덜 수 있는 유일한 곳이었지요.”

백의 사내가 정중하게 포권을 올리고는 뒷말을 이어갔다.

“게다가 교주님의 무공은 천하제일. 능히 제가 익힌 신공의 상대로 부족함이 없는 것도 또 하나의 이유였습니다.”

“재미있는 말이로구나.”

마기 속 단리목이 웃음을 지었다.

“그러나 그렇다 하더라도 내가 너와 대결을 벌여야 할 이유로는 부족하다. 혹 네가 본교의 사람이라 강자존의 율법에 의지한다면 또 모를까, 너와 싸워 이긴다한들 내가 얻는 이득이 무엇이 있으랴?"

마교가 힘을 숭상하나 시정잡배와는 근본적으로 다르다.

가진 힘이 있다고 누구나 교주와 다툴 수 있다면 교주라는 자리가 어찌 그리 영광된 자리일까?

이겨도 의미 없을 싸움을 단리천이 응할 이유가 없었다.

하지만 백의 사내는 차분했다.

그리고 설득력 있는, 차분하고 맑은 음색이 단리천의 귀를 파고들었다.

"천하."

백의 사내가 넓게 두 팔을 벌렸다.

"천하를 드리지요."

너무도 자연스러운 말이 백의 사내의 입으로부터 들려왔다.

*　　*　　*

"선대 교주께서는 사내의 청을 들어주셨다."

"천하를 준다는 말을 믿고?"

"당연히 그럴 리가 있겠느냐."

*　　*　　*

"천하를 주겠다?"

단리목은 코웃음을 쳤다.

그리고 내밀었던 상체를 다시 의자에 뉘었다.

멀쩡한 놈이 미쳤다.

그깃도 세내로.

가진 재주는 조금 있어 보였지만, 정신은 온전치 못한 놈이었다.

대화를 나누고 앉았던 자신이 머쓱해지는 순간이었다.

말과 행동에서 받았던 상대에 대한 호감이 급속도로 사라져 갔다.

시간이 아까웠고, 저런 놈 하나 제대로 막아내지 못한 수하들에 욕이 났다.

아무래도 긴 휴식에 심신이 풀어진 것이 틀림없었다.

'흐음.'

그런데 다시 생각해 보니 미친 소리를 멀쩡한 놈이 하고 있다.

천산 입구에서 자신의 앞까지 오는 길은 평탄한 길이 아니었다.

정신 나긴 미친놈이 무꽁 하나만 믿고 쉽게 오를 수 있는 길이 아니다.

그 길은 많은 수하와 관문을 거쳐야 도달할 수 있는 험로

중의 혐로였다.

무엇보다 이곳에 오기 위해 거쳐야 하는 마라환몽대진은 정신 나간 광인 한 명이 아무렇지 않게 지날 수 있는 그저 그런 진법이 아니었다.

그것은 단순히 무공이 높다고 파훼할 수도 없는 상고의 절진. 단리목은 선뜻 판단을 내리기 어려웠다.

생각이 거기에 미치자 단리목은 다시 백의 사내에 대한 호기심이 생겼다.

"증명해 보라. 네가 졌을 경우 천하를 줄 수 있다는 확실한 증거."

기회를 주었고, 백의 사내는 생각에 잠겼다.

'없거나, 아니면.'

"일단 이 정도면 되겠습니까? 급히 오느라 미처 준비된 것이 없어서요."

백의 사내가 품 안에서 몇 가지 물건을 꺼내 들었다.

반으로 접힌 전표 몇 장과 서류처럼 보이는 종이 한 장.

은근히 기대했던 단리목의 얼굴에 실망의 빛이 스쳐 지났다.

수하가 바치는 종이들을 단리목은 건성으로 받았다.

'기껏 내미는 것이 돈과 서류 나부랭이라.'

주니 보긴 하겠지만 흥미는 저 멀리 사라진 지 오래였다.

"전표인가?"

“그렇습니다.”

“이걸로 천하를 사겠다고?”

비꼬듯 내던지는 단리목의 말에 사내는 가만히 웃고 있을 뿐이었다

“내 확인은 하지. 얼마나 큰 금액인지.”

자신을 비웃는 소리인지도 모르는지 백의 사내는 웃고만 있었다.

‘내 뭘 기대했던 것인지.’

쓴웃음을 머금고 단리목이 전표 한 장을 펼쳤다.

마음 같아서는 일장에 쳐 죽이고 싶었지만, 보여준 것이 있었기에 혹시나 하는 미약한 기대로 내민 종이를 읽어갔다.

유명 전장의 이름이 먼저 눈에 들어왔고, 여러 가지 내용이 적힌 작은 글씨가 보였다.

그리고 그 사이로 전장이 보장하는 금액이 큰 글씨로 적혀 있었다.

은자 천 냥.

‘천 냥?

다른 전표의 금액을 보니 그 또한 적은 금액은 아니었다.

은자 오백 냥.

은자 이백 냥.

모두 합쳐 은자 천칠백 냥[2].
품에 넣고 다니기엔 큰돈이었다.
'맹물은 아니다 이건가?'
단리목이 백의 사내의 뜻을 읽었다.
액면가 자체가 중요한 것은 아니었다.
적은 돈은 아니지만 은자 천칠백 냥이 놀라 쓰러질 만큼 어마어마한 금액도 아니었다.
그러나 전 재산을 품에 넣고 다닐 바보는 세상에 거의 없을 터이니.
'적어도 허당은 아니다?'
단리목은 백의 사내가 내민 다른 종이의 내용이 궁금해졌다.
"통행 허가증?"
생각지도 못한 물건이었다.
"이곳으로 올 때 쓰일 구석이 있을 듯해서요."
서류는 천산으로 오기 위해 거쳐야 하는 관문을 검색 없이 지날 수 있게 해 주는 통행 허가증이었다.
드문 것은 아니지만 귀한 가치를 지닌 것도 아니었다.
하지만.

____

2) 현재 가치로 오억 정도.

“황실 인장인가?”

“그렇습니다.”

단리목이 보던 서류를 내려놓고 백의 사내로 시선을 돌렸다.

성이나 읍이 아닌 황실의 관인을 받고 다니는 사람. 그 신분이 무엇이든 절대 평범할 수는 없는 자였다.

단순히 무공이 강한 자가 아니다.

단순히 돈 많은 자가 아니다.

무공과 재물을 모두 다 가지고 있는 자.

거기에 단순한 일에 황실 인장을 찍을 수 있을 만큼의 지위에 올라 있는 자.

“너는, 누구인가?”

일렁이는 마기 사이로 강한 안광이 백의 사내를 향했다.

“백평(百平). 조금 강한 무공을 가진 사내이지요.”

사내의 웃음은 여전히 싱그러웠다.

＊　　＊　　＊

“백가!”

풍이 탄성을 터뜨렸다.

“아는 모양이군.”

단리천을 바라보는 풍의 시선에 변화가 생겼다.

심드렁하던 이전과는 다른 아주 강한 관심이었다.

"그래서 어찌되었소?"

"이제야 내 말에 관심을 보이는군."

＊　　＊　　＊

"네가 지면 천하를 주겠다?"

"그렇습니다."

"좋다. 네 제안을 받아들이도록 하지."

단리목이 백평과의 대결을 승낙했다.

천하를 원해서가 아니었다.

마교는 누구의 도움이 없어도 중원을 도모할 수 있었다.

아니, 도움을 준다 해도 거부할 것이 마교였다.

필요한 것은 대결을 치를 명분이었다.

무명소졸과 손을 나눌 수는 없었기에 명분이 필요했다.

백평이 그것을 만족시켰다.

그리고 그것으로 충분했다.

"대신 저도 조건이 하나 있습니다. 들어주시겠습니까?"

"조건?"

"문득 생각이 떠올라서요. 거부하셔도 상관은 없습니다만."

"말해보라."

백평이 고개를 가로 저었다.

"제가 이긴 후 말씀드리겠습니다."

"그렇다면 말할 기회조차 없을 것이다."

"그렇지 않을 것입니다."

백평의 눈빛이 서서히 바뀌며 싸늘한 예기가 풍겨 나왔다.

"이 대결의 승자는 분명히 제가 될 것이니까요."

"허허허. 입만 산 놈이 아니길 바랄 뿐이다."

단리목이 자리에서 일어섰다.

그리고 천천히 단에서 내려오기 시작했다.

검고 짙은 기운이 움직이는 단리목을 따라 출렁거렸다.

길게 끌 일이 아니었다.

승낙하기 전이면 모르나 이미 승부를 허락한 상태. 별다른 말도 언급도 없이 대결은 시작되었다.

"기대가 크다."

상대의 힘이 궁금한 단리목이었다.

휘링!

맑고 청아한 소리가 백평이 있는 쪽으로부터 들려왔다.

아무것도 없던 백평의 손에 가늘고 긴 검이 그 모습을 드러내고 있었다.

"벽문옥환이라는 희대의 신검입니다."

세검(細劍)에서 일어나는 예기가 석전(石殿)을 자극했다.

또한 말하는 백평을 중심으로 공기가 요동치기 시작했다.

대전을 가득 메우고 있던 마기가 옅어지면서 어두운 공간에 밝은 빛이 비춰졌다.

밝은 빛무리가 어두운 마기에 맞서 그 영역을 넓혀갔고, 마침내 단리목의 짙은 마기와 충돌을 일으켰다.

어둡고 밝은 광음(光陰)의 전쟁.

소리 나지 않는 치열한 기 싸움이 둘이 벌일 대결의 서막을 열었다.

＊　　　＊　　　＊

"패배, 그리고 벽문옥환."

말을 하던 단리천의 목소리가 약간 침울하게 들렸다.

"사내의 조건은 단순했다. 봉문. 크크, 참 간단한 말이었지."

마기에 가려져 있었지만 단리천의 신영에는 잔 진동이 일고 있었다.

"그리고 한마디가 덧붙여 있었다. 언제고 그의 후예가 다시 찾을 것이라고. 그리고 그 후예의 청 하나를 들어주는 순간이 마교의 봉문이 풀리는 때라고."

단리천의 깊은 눈길이 풍의 눈을 향했다.

"삼백 년이었다. 그날의 말을 무려 삼백 년이라는 긴 시간 동안, 본교는 대를 이어 지켜왔다. 그러나 그 긴 시간을 후회하지 않는다. 다만 곱씹을 뿐."

풍은 비로소 단리천이 전하고자하는 말뜻을 이해할 수 있었다.

자신의 말에 대한 신뢰. 단리천은 풍에게 그것을 증명하고자 하는 것이었다.

"나는 사내다."

마기가 출렁였다.

"그리고 마교는 사내의 집단이다. 선과 악을 떠나 우리는 그런 자들이다."

단리천의 말에서 자부심이 묻어났다.

"보는 것은 오직 하나."

검은 마기 사이로 하얀 이가 선명했다.

"힘!"

단리천은 웃고 있었다.

공중에 떠 있던 단리천이 계단을 밟듯 허공을 밟으며 아래로 내려왔다.

같은 높이, 같은 시야로 마주한 두 사람.

"너는 사내더냐?"

단리천이 풍에게 물었다.

상대를 조롱하는 듯한 불쾌한 말을 그는 거침없이 해댔다.

"나는 사내다."
단리천의 말은 단호했다.
바람이 불고 스산한 기운이 옷 속으로 파고들었다.
잠시 개는가 싶던 하늘이 어느새 먹구름으로 가득 덮였다.

휘이이이잉.

누구도 말이 없는 침묵의 상황 속에 거친 바람만이 고요를
깨뜨리고 있었다.
바람이 점차 거세지고, 옷이 날렸다.
더불어 단리천의 마기 또한 크게 출렁였다.
강한 사내.
인생의 목표가 순수한 무력의 정점에 서는 것이 마인의 꿈.
단리천은 마인이었다.
"굳이 나에게 이리 수고를 하는 이유가 무엇이오?"
풍이 침묵을 깨고 물음을 던졌다.
"중원에 들어 처음 만난 상대가 네놈이다. 내가 비록 천산
산 안에 묻혀 있었으나 세상과 단절하고 산 것은 아니다. 중
원이 넓다 하나 너만 한 고수가 흔하지 않다는 것쯤은 나도
알고 있다."
삼백 년을 천산에 갇혀 있었다고는 하지만 마교와 세상과
의 교류가 완전히 단절된 것은 아니었다.

마교에 중원의 세작이 있듯이, 중원엔 마교의 세작이 있었
다.

정보가 들어왔고, 그들은 세상이 돌아가는 흐름을 읽고 있
었다.

세월이 흐르고 시대가 바뀌었지만 마교는 시대의 흐름을
놓치지 않았다.

세월은 흘러도 인간의 한계는 분명한 법이다.

시대의 강자는 언제나 존재했다.

그러나 수의 차이는 있어도 그 수준은 크게 변할 수 없다.

임계점에 다다를수록 넘지 못할 벽이 되는 것. 단리천이 보
는 풍은 바로 그 인간의 한계에 거의 다다른 진짜 고수였다.

"본교는 힘을 숭상한다. 그 어떤 다른 가치도 우리에겐 의
미가 없다. 얻고 싶은 것은 힘이고, 바라는 것은 강자와의 투
쟁이다. 넌, 충분히 중원에 나온 보람을 느끼게 하는 상대이
다."

단리천의 마기가 더욱 짙어지며 주변 공기가 서서히 변해
갔다.

아직 해가 지지 않았는데 마기에 가려 하늘은 어두워졌고,
찬 기운만 기득하던 평원의 대기에서 끈적거리는 피 냄새가
묻어나왔다.

"너는 나와 싸우겠느냐?"

단리천이 긴 얘기를 한 것 이유.

“좋소.”

풍은 받아들였다.

“단, 그전에 조건이 있소이다.”

“조건? 말해보라.”

“첫째, 승패를 떠나 내 일행의 안전을 보장해 주시오.”

“문제없다.”

“둘째, 만약 내가 이기다면 나의 부탁 하나를 들어줄 것. 그것이 내 조건이오.”

“부탁?”

“그렇소.”

“무엇이냐?”

“이기면 말하겠소.”

그리고 풍은 입을 다물었다.

마교 교주 단리천을 이긴다는 것은 쉽지는 않은 일이었다.

마주한 상대는 그 힘의 끝이 보이지 않는 진정한 강자였다.

그동안 만난 그 어떤 사람도 눈앞의 상대를 능가하는 이는 없었다.

대결은 자칫 천추의 한으로 남을지도 모를 일이었다.

대결은 상대의 바람이고, 풍은 의미 없는 대결은 하고 싶지 않았다.

대가가 필요했다.

“크흐흐흐흐.”

음산한 웃음이 단리천을 통해 흘러나왔다.

유부의 악귀가 웃는 듯한 어두운 웃음이었다.

"선대가 그러셨지. 약속을 했고 덕분에 우리는 수백 년의 세월을 갇혀 지내야 했고."

휘몰아치는 마기가 거세졌다.

주변 대기가 요동을 쳤다.

"좋다. 너의 조건을 받아주겠다. 그리고 너를 이겨 지난 세월의 쓰린 기억을 조금이나마 덮을 것이다."

단리천은 앞에 서 있는 풍이 마치 백평이라도 되는 양 차갑게 말을 내던졌다.

강한 상대를 만난 즐거움과 억눌렸던 기억을 풀어낼 기쁨이 공존했다.

남은 것은 앞에 선 풍의 피 맛을 보는 것뿐, 단리천은 한 걸음씩 풍에게로 다가섰다.

＊　　＊　　＊

[고검은 퇴로를 확보하고, 유이 너는 여차하면 뛰어들 준비를 하고 있거라.]

돌아가는 판세를 보면서 남궁태민이 이후 상황을 준비했다.

멀리 물러나 있던 오윤은 거리를 조금 좁혀오면서 만약의 경우를 대비하고 있었고, 운은 거의 풍 곁에 붙어 혹시 모를 암습을 대비했다.

[그럴 필요 없습니다.]

풍이 손을 풀면서 남궁태민에게 전음을 넣었다.

[그래도 모르는 일이야.]

[상대는 우리 네 명을 잡자고 허튼소리를 길게 늘어놓을 만큼 약한 자들이 아닙니다.]

남궁태민은 암수나 암계를 생각했다.

강호란 그런 곳이고, 믿음은 무인의 적이다.

그러나 이번은 아니었다.

보는 눈은 풍이 맞았다.

단리천은, 아니, 마교는 힘을 숭상하는 만큼 자존감이 강한 자들이었다.

필요에 따라 암습이나 암계를 부리는 것도 강자가 가진 능력의 하나였지만, 이 순간만큼은 아니었다.

[잘 봐라. 시대 최강이라 불리는 자의 무공이다. 평생에 다시없을 기회이니 눈에 잘 새겨두어야 할 것이다.]

[알겠습니다.]

고개를 끄덕이는 운과 오윤을 보고, 풍이 단리천을 향해 한 걸음 발을 내디뎠다.

그것은 다가오는 적을 맞이하는 것이 아니라 맞부딪혀 보겠다는 의지의 표현이었다.

“좋다.”

검은 마기 속에서 붉게 일어나는 안광이 단리천의 위세를 더욱 부각시켰다.

덩달아 붉어지는 풍의 눈빛.

하늘을 노니는 천신이 아닌 귀부 악귀들의 싸움이 시작된 것이었다.

第五章

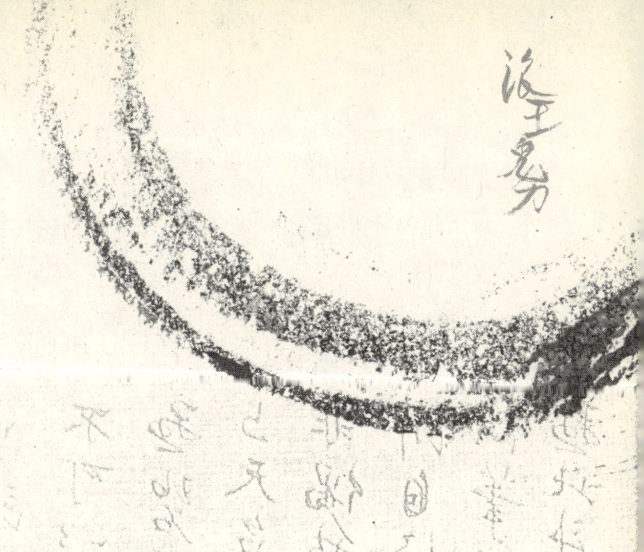

오초령을 다시 넘는 일행의 발걸음은 한없이 무거웠다.

"교대하자."

풍을 업고 고개를 넘고 있는 운의 표정은 좋지 못했다.

운은 고수이니 풍을 업었다고 해서 운신에 큰 지장이 있을 리는 만무했다.

또한 그것을 모르는 남궁태민도 아니었다.

"괜찮습니다."

예상했던 운의 답이었지만 마음이 편치 않음은 남궁태민이 흐려 있는 운의 심정을 헤아리기 때문이었다.

"고개만 내려서면 난주는 지척이니, 일단 응급조치는 할 수 있을 것입니다.”

오윤이 전방을 가리고 있는 수풀을 헤치며 일행의 길을 터 주었다.

산로가 있었지만 상황이 급한지라 일직선으로 길을 잡았다.

길의 유무는 고수에게 의미가 없다.

최단거리. 일행의 뜻은 같았다.

“조금만 더 서둘렀으면 합니다.”

마음 급한 운이 내기를 있는 대로 돌리며 신법에 박차를 가했다.

등 뒤로 들리는 풍의 숨소리가 점점 잦아들고 있었다.

보지 않아도 느껴지는 풍의 상태에 운은 초조한 마음을 진정할 수 없었다.

‘형.’

운은 마음이 급했다.

*　　*　　*

풍과 단리천의 대결은 인간의 결투라 할 수 없었다.

피와 살로 된 육신이 감히 행할 수 없는 일들을 그들은 아무렇지 않게 주고받았다.

평원이 계곡이 되고 계곡이 다시 평지가 되었다.

손 들어 일장을 치니 대지가 진동했고, 칼 들어 하늘을 베니 산천이 어두워졌다.

천지번복(天地飜覆).

반고(盤古)의 천지개벽에 버금가는 거대한 혼돈이 하서회랑 끝자락을 새롭게 만들어냈다.

누구도 말을 잇지 못했다.

적아(敵我)를 떠나 천인들이 펼치는 장엄한 무용(武勇) 앞에 인간의 입에서 나는 소리는 죄악이었다.

한 시진이 지나고, 반나절이 흘렀다.

다시 하루가 지나고 새롭게 밤이 왔다.

용호상박, 일진일퇴의 우열을 가릴 수 없는 둘의 대결은 그렇게 이틀을 꼬박 이어졌다.

그리고 마지막 대지를 밟고 선 자는 아쉽게도 단리천이었으니, 꿈같던 이틀이 지나고 마주한 현실에서 운과 남궁태민과 오윤은 침통한 마음을 금할 수 없었다.

―운이 좋았다.

단리천은 비틀대는 걸음을 옮기며 그 한마디를 남겼다.

죽은 듯 미동도 않는 풍과 마인들의 부축을 받으며 다시 말에 오르는 단리천.

생과 사가 엇갈리는 그 광경 앞에서 일행이 받은 충격은 말로 표현될 것이 아니었다.

*　　　*　　　*

산을 내려가는 발걸음은 무거운 마음과는 다르게 빠르고 가벼웠다.

극상을 보이는 경신공부는 그들이 상승고수임을 보여주었지만, 풍의 상세에 그들의 무공은 전혀 도움이 되지 못했다.

"얼마 남지 않았다. 서두르자."

앞을 재촉하는 말이 연이어 나왔다.

뻔히 보이는 산 아래 마을 풍경이 손에 닿을 듯 가까웠지만, 험한 산세에 아슬아슬한 하산 길은 일행의 마음을 더욱 급하게 만들었다.

'위험하다.'

거의 들리지 않던 풍의 숨소리가 멎은 듯 들리지 않았다.

운이 남궁태민을 돌아보았고, 그곳에 굳어진 얼굴의 남궁태민이 있었다.

운이 달리던 걸음을 멈추었다.

등에 업고 있던 풍을 바닥에 놓고 명문으로 진기를 불어넣었다.

창백한 안색.

피에 젖어 붉어진 몸과 달리 하얗게 변해 버린 풍의 얼굴에

선 생기를 찾아보기 어려웠다.

"형님!"

오윤의 울먹이는 소리가 들렸다.

"이 사람아."

남궁태민이 풍의 얼굴을 때리며 정신이 돌아오길 바랐다.

그러나 시체처럼 축 늘어진 풍은 깨어날 줄 몰랐다.

운은 울었다.

다급한 마음이 화가 되어 얼굴로 치솟았지만, 뜨겁게 볼을 적시는 눈물이 붉어진 얼굴을 가려주진 못했다.

"일어나!"

명문으로 진기를 넣고 있던 운이 저도 모르게 소리를 질렀다.

순간 의도했던 것보다 더 강한 진기가 풍의 명문을 강타했고.

"쿨럭."

한 줌 검은 피를 토해내며 풍의 심장이 여린 박동을 다시 시작했다.

"형님!"

"형!"

일행의 얼굴에 화색이 돌았다.

"됐다."

상처가 나은 것도, 상태가 호전된 것도 아니었지만 최소한

숨을 쉬고 있다는 것에 일행들은 안도했다.

"서두르자."

나이는 거저 주어진 것이 아니라는 듯이 남궁태민이 감격하고 있던 일행을 추슬렀다.

풍의 상태가 더 나빠지기 전에 산을 내려가야 했다.

운이 다시 풍을 업었고 오윤이 길을 잡았다.

그러나 일행의 발걸음은 거기까지였다.

"누구냐?"

앞서 있던 오윤이 자리에 멈춰 서며 고함을 질렀다.

남궁태민이 운의 앞으로 나섰고, 이어 복면을 한 백의인이 하나둘 그 모습을 드러냈다.

얼음 같은 한기를 풍기며 일행의 앞을 막아선 자는 모두 열 명. 백가가 풍을 잡기 위해 보냈던 자들이었다.

'내자불선(來者不善)이라.'

한눈에 봐도 범상치 않은 자들이었다.

더구나 그 수는 열.

[조심해야겠다.]

남궁태민이 전음을 날리고 한 걸음 앞으로 나아갔다.

"길을 막아서는 자들은 누구인고?"

백의 복면인들은 말이 없었다.

그저 미리 언질이 있었던 듯 자신들의 행동에 충실할 뿐이었다.

가운데 선 자를 중심으로 원을 그리며 백의 복면인들이 풍 일행을 둘러쌌다.

그리고 조금의 지체도 없이 살수를 시전했다.

검광이 일고 살기가 전해졌다.

날카로우면시도 파괴력 있는 공세에 일행은 감히 경시하며 상대를 맞을 수는 없었다.

"이런 흉악한 놈들이!"

남궁태민이 노호성을 지르며 다가오는 백의 복면인들의 검을 막아섰다.

콰쾅!

강기와 강기가 충돌하는 무서운 소리가 오초령 고개를 가득 울렸다.

[보통이 아니다.]

남궁태민은 일검에 제대로 경력을 실었다.

적어도 힌둘은 상하게 할 것이라 믿었지만 결과는 그의 뜻과 선혀 달랐다.

주의를 전하는 남궁대민의 전음이 전해지기가 무섭게 일행에게 다시 백의인들의 공세가 펼쳐졌다.

"차앗!"

운의 검에서 주홍빛이 일었고, 검푸른 검강이 맺힌 오윤의 검이 마주 오는 적을 노리며 빛을 발했다.

콰쾅!

다시 육중한 충돌음이 터졌다.
날리는 수풀과 먼지가 오초령 고개를 삽시간에 뿌옇게 덮었다.
만만찮은 적이었다.
쉽지 않은 운의 검을 상대는 큰 무리 없이 막아내고 있었다.
'이놈들.'
운이 안광을 빛내며 다시 검을 그었지만, 검하가 보이는 노을의 은은한 빛은 모래에 스며드는 작은 물방울처럼 흔적도 없이 사라지는 것이었다.
'제길.'
운이 속으로 욕지기를 내뱉었다.
물론 상대가 운의 검을 완전히 소화한 것은 아니었다.
그래도 충격은 받았는지 복면인 몇이 신형을 휘청거렸다.
하지만 그도 잠시, 검을 곧추세우며 다시 공세를 취하는 모습은 상대가 어느 정도 강자인지를 잘 보여주었다.
복면인들의 무공은 강했다.

개개인의 무공도 무공이었거니와 그들 두셋이 함께 펼치
는 합공은 운이라 해도 함부로 대하기가 어려울 만큼 깊은 묘
리가 숨어 있었다.

[이대로라면 당한다. 무슨 수를 찾아야 해.]

다급한 남궁태민의 전음이 운과 오윤에게 전해졌다.

그러나 상대의 공세를 막는데 급급한 상황에서 다른 돌파
구를 찾는 것이란 그리 쉬운 일이 아니었다.

조금씩 시간이 흐르자 상황은 점점 나빠졌다.

각각 세 명의 적을 상대하고 있는 남궁태민과 오윤이 점차
수세로 몰리는 탓이었다.

둘이 복면인들에 당할 정도로 차이 나는 상황은 아니었다.

그러나 풍이 문제였다.

사실 시간에 상관없이 계속 싸운다면 어쩌면 이쪽이 이길
지도 모른다.

풍을 생각하는 다급한 마음이 있어 저마다 자신의 힘을 완
전히 발휘하지 못하는 탓이 크기 때문이었다.

특히 그것은 오윤에게서 크게 나타났다.

평소보다 둔탁한 그의 검엔 안정되지 못한 그의 마음이 여
실이 배어 있었다.

셋이라 버티는 상황이다.

만약 한 명이라도 쓰러져 버리면 어려워진다.

운이 비록 넷을 상대하면서도 밀리지는 않았지만, 오윤을

도와줄 여력은 없었다.

한 명씩 상대하는 것이었다면 운의 검에 적들은 벌써 시신이 되어 드러누웠을 것이다.

운의 힘은 그 정도가 되었다.

그러나 그들이 펼치는 연환합격은 단지 공세의 우위를 점하는 검진이 아니라 서로의 기에 상승작용을 일으켜 눈에 보이지 않는 보호막을 만들면서 운의 공세로부터 자신들을 보호하고 있었다.

한편으로 생각해 보면 네 명의 복면인을 상대하면서도 밀리지 않고 있는 운이 오히려 더 대단하다고도 볼 수 있는 장면이었다.

"윤아!"

갑자기 운의 외침이 전장으로 퍼졌다.

오윤을 상대하던 세 명의 백의복면인 중 한 명이 오윤의 등에 긴 검상을 남긴 때문이었다.

"하압!"

하지만 등의 검상에도 불구하고 오윤이 힘찬 기합성과 함께 검을 다시 휘둘렀다.

'집중!'

오윤은 정신이 번쩍 들었다.

그러자 어느 순간 좁혀져 있던 시야가 넓어졌다.

급한 마음이나 서둘러선 안 되는 일. 검상은 오윤의 각성을 이끌었다.

이른바 전화위복.

오윤이 검이 달라졌다.

대자연의 현기가 곁들어 있는 오윤의 혜검은 내공으로 녹 아든 선단의 힘을 받아 부드러우면서도 강한 위력을 유감없 이 떨치고 있었다.

*　　　*　　　*

백종량(白鐘梁)은 헛바람을 들이켰다.

가면으로 가려진 얼굴 위로 검강의 기운이 스쳐 지났다.

'대체 어디서 이런 놈들이.'

남궁태민을 제외하면 전부 어린놈이었다.

기껏해야 스물 중반을 겨우 넘겼을 어린놈들이 나이가 무 색하게 검이 날카로웠다.

처음 가주의 명이 떨어졌을 때 백종량은 긴장했다.

항주 인근에 자리를 잡고 있었던 터라 풍을 접한 경험이 있 던 탓이었다.

솔직히 자신이 없었다.

자신이 백가의 숨겨진 비밀 병기라 하지만, 풍은 자신의 상 대가 아님을 알고 있었다.

'죽으라 하는 것인가?'

가주를 원망했다.

그러나 항명은 있을 수 없는 일.

지난 삶을 깨끗이 정리하고 백종량은 풍을 죽이기 위해 길을 나섰다.

그리고 얼마 후, 백종량은 또 다른 의미로 가주를 원망했다.

백가의 숨겨진 고수 십 인이 모두 이번 일에 뛰어들었다는 사실을 접했기 때문이었다.

모욕이었다.

한둘도 아닌 십 인이 모두 나섰다는 사실에 인정받지 못하는 자신을 보는 듯해서 화가 났다.

그러나 가주의 명은 지엄하니 따라야 했다.

풍의 뒤를 쫓았다.

그가 움직이는 동선을 따랐고, 그를 척살할 기회를 엿보았다.

그러나 좀처럼 기회가 나지 않았다.

십 인이 나선다면 풍을 제거하는 데는 문제가 없었다.

그러나 전란의 소용돌이 속에서 풍의 주변엔 언제나 사람들이 있었고, 그들의 눈을 피해 풍만 제거하고 다시 빠져나오는 것은 쉬운 일이 아니었다.

죽는 것은 상관없었다.

그러나 정체를 들킬 수는 없었다.

기회를 엿봤고, 마침내 기다리던 때가 왔다.

[내가 틈을 노리겠소. 지원을 바라오.]

백종량이 검을 다시 고쳐 잡으며 바닥에 누워 있는 풍을 보았다.

세 명의 상대는 강했다.

자신들 서넛을 상대로 저렇게 버틸 수 있는 자는 무림 강호 전체를 살펴도 손에 꼽을 정도다.

그런데 그 손에 꼽을 만한 고수 중 셋이 이 자리에 있는 것이다.

변화가 필요한 것은 복면인들이었다.

*　　*　　*

오윤을 상대하는 복면인들의 모습에 변화가 생겼다.

공(功)과 방(防)이 적절히 이루어지던 정리된 모습에서 방어는 도외시한 채 공격에 더욱 치중하는 것이었다.

'쳇.'

날카로운 공격이 이어졌다.

몸을 사리지 않는 상대의 공세는 확실히 이전과는 다른 힘이 들어 있었다.

오윤의 눈에 상대의 허점이 속속들이 보였다.

공세를 가하면 분명 한둘은 목숨을 잃을 것이 분명했다.

하지만 오윤은 참아야 했다.

둘을 베고 일검을 맞는다면 손해였다.

상대를 죽이는 것이 목표가 아니라 살아 풍을 지키는 것이 지상 과제였다.

셋 중 누구 하나라도 무너지면 안 되는 상황에서 무모한 공격은 오히려 해가 될 터. 오윤은 자신을 향하는 공세를 막아 가며 판국을 바꿀 묘수를 고민했다.

그리고 그때 복면인 하나가 모든 힘을 실어 검을 질러왔다.

목을 내던진 동귀어진의 한 수.

죽을 각오가 서 있는 공격에 오윤이 잠시 주춤거렸고, 그 틈을 노려 또 다른 복면인이 비슷한 공세를 이어왔다.

이전과는 비교도 안 될 강한 공격이었다.

그러나 그만큼 허점이 많은 공격이기도 했다.

상승의 고수라면 절대 하지 않을 공격, 강하나 못 막을 공격도 아니었다.

'왜?'

그 순간 세 번째 복면인이 시야에서 사라졌다.

'아차.'

오윤 자신을 노리는 것은 아니었다.

그랬다면 놓쳤을 리가 없다.

'간계.'

상황을 이해하고 뒤로 몸을 빼려 했지만 두 명의 복면인이 오윤에게 그럴 여유를 주지 않았다.

목숨을 도외시한 두 명의 검이 지척에 다다랐고, 오윤은 더 이상 사라진 자의 행방을 좇을 수 없었다.

'당했다.'

텅 빈 두 복면인의 목을 쳐낼 때, 오윤은 온몸의 피가 식는 느낌이 들었다.

그리고 본능적으로 풍을 향하는 시선.

그곳에 세 번째 복면인이 보였다.

오윤이 겪는 상황은 남궁태민이나 운도 마찬가지였다.

수비를 무시한 공세에 둘이 살짝 밀릴 무렵, 풍을 향하는 복면인의 모습이 둘의 시야에 잡혔다.

인식은 같았지만 반응은 달랐다.

"안 돼!"

소리를 지르는 것은 남궁태민이었고, 상대에 등을 보이며 풍을 향해 몸을 날린 것은 운이었다.

스읏!

그리고 무언가 베어지는 소리와 함께 시뻘건 선혈이 하늘로 치솟았다.

"형님!"

오윤이 운을 부르며 몸을 돌렸다.

고작 한 살 차이인데 운은 꼬박꼬박 형님 대접을 원했다.

풍과는 다른 차가운 인상이 처음엔 거리감을 많이 느끼게
했다.

그러나 그 안의 속정이 깊음을 알았고, 형이라 부르는 말에
거리낌도 사라졌다.

"형님!"

등에서 피를 뿜으며 쓰러지는 운이 보였다.

그리고 그의 검에 목이 달아난 복면인의 몸이 쓰러지는 운
의 몸 뒤로 겹쳐졌다.

한순간에 벌어진 일, 그리고 한순간에 무너진 균형.

생사의 결투는 난장이 되었다.

*　　　*　　　*

—……님.

멀리서 소리가 들렸다.

꿈인듯 몽롱한 의식 속으로 멀고 아련한 음성이 들려왔다.

눈을 떠 확인하고 싶었지만 어지러운 머리만 느껴질 뿐 몸
은 반응을 보이지 않았다.

털썩.

무언가 무거운 것이 떨어지는 소리가 들렸다.

볼 수 없어 확인을 못했지만, 꼭 보아야만 할 것 같은 무서운 초조함에 심장이 쿵쾅거렸다.

눈에 힘을 주고 어떻게든 눈을 떠보려 애를 썼다.

그러나 무거운 눈꺼풀은 천근의 무게라도 실린 듯 결코 떠지지가 않았다.

어지럽고 구역질이 났다.

불편한 속에서 뜨거운 것이 치밀어 올랐다.

그리고 비릿한 냄새.

풍의 호흡이 격해졌다.

"형… 님."

목소리가 귀에 익었다.

아니, 누군지 모를 수가 없는 목소리였다.

'운아.'

열리지 않는 입으로 이름을 불렀다.

돌아가지 않는 고개로 동생을 보려 애썼다.

자신이 어디에 있는지, 그리고 어떤 상황에 처해 있는지 아무것도 기억나지 않았다.

머리를 감도는 것은 오직 하나, 동생뿐.

들리는 목소리에 대답을 해야 했다.

하지만 다시 머리가 무거워지며 의식이 흐려졌다.

정신을 차리려 애를 썼지만, 몸은 천근만근 무겁게 가라앉았다.

'안 돼.'

붉은 눈 사이로 이유 모를 눈물이 흘렀다.

의식은 몰랐지만 몸은 지난 상황을 기억하고 있었다.

의식 너머 심연 깊숙이 가라앉아 있던 무의식이 풍에게 현재를 일러주는 것이었다.

하지만 무의식이 일깨운 풍의 의식은 그리 길게 가지 못했다.

본능이 풍을 깨웠지만 상한 몸이 그를 따라가지 못하게 했다.

"……님."

소리가 멀어져 갔다.

그리고 풍은 잠에 빠지듯 다시 의식을 잃어갔다.

"내가 한발 늦었구나."

어디선가 탄식 소리가 들려왔다.

그리고 노성과 더불어 격렬한 싸움 소리가 들려왔다.

끊어지는 의식.

풍은 다시 정신을 잃었다.

第六章

“하하, 그럼 이만 일어나겠습니다.”

“그러시오. 조심히 돌아가시고.”

“네, 황제께서도 평안하시길 빕니다.”

“고맙소.”

세상의 모든 화려함은 다 가져다 놓은 듯 더 이상 사치로울
수 없는 방에서 한 사내가 자리에서 일어섰다.

하얀 백의에 짧은 수염이 인상적인 중년 사내는 앞에 앉은
여인에게 공손히 절을 올리고는 돌아서 방을 나섰다.

문을 나서자 넓고 긴 회랑이 눈에 들어왔다.

황제만이 누릴 수 있는 사치의 절정이 그곳 회랑이라고 예

외일 순 없었다.

궁녀의 외모만큼이나 뛰어난 온갖 장식과 기이한 물건들이 회랑 한쪽을 장식하며 길게 늘어져 있었다.

"잠시 실례하겠습니다."

회랑을 보고 있던 중연 사내 옆에서 어린 궁녀의 목소리가 들려왔다.

"미안하네."

길을 막고 서 있던 사내가 옆으로 비켜서자 그의 눈으로 독특한 모습의 여인 한 명이 들어왔다.

평범한 옷차림에 수수한 용모였으나 꿈을 꾸는 듯 몽롱한 눈빛이 인상적이었다.

둘의 눈이 마주쳤고, 사내가 고개를 살짝 숙이며 인사를 건넸다.

그러나 여인은 곧 눈을 돌리며 사내를 외면했다.

"황제 폐하, 하선고(何仙姑)3)께서 납시었습니다."

"오, 그래? 어서 모시어라."

문 안에서 반색하는 소리가 들렸다.

문이 열리고 늘어선 궁녀들 사이로 여인이 방으로 들어갔다.

'저 여인이 하선고였군. 그래도 여선(女仙)이라 이건가?'

자신의 인사를 외면하던 것에 기분이 상해 있던 사내가 차

---

3) 중국 팔선(八仙) 중의 한 명. 여인이며 미래를 보는 예언 능력이 있었다고 전해짐.

가운 표정으로 냉소를 지었다.

그리고 잠시 여인이 들어선 방문을 노려보다 자신이 왔던 길을 되돌아갔다.

사내의 이름은 백군명(白君明). 당대 백가의 가주였다.

＊　　　＊　　　＊

"어서 오세요."

황제 무조(武曌)[4]가 얼굴 가득 환한 미소를 머금고 들어서는 하선고를 반겼다.

"황제를 뵙습니다."

"어서 오세요. 어찌 이리 간만에 오셨단 말입니까? 무척 기다렸습니다."

무조는 하선고에 존칭을 했다.

그녀가 비록 황제라 하나 상대는 인간을 넘어선 선계의 신선이다.

함부로 대할 수는 없는 법이었다.

"들어오던 길에 사내 하나를 보았습니다."

"사내? 아, 백 가주를 말하시는 모양입니다."

"어두운 자입니다. 멀리 하소서."

"별 사람 아니니 신경 쓰실 거 없습니다. 일단 자리에 앉으

---

4) 측천무후. 당나라 때 인물. 여인으로 황제의 자리에 오른 중국 역사상 유일의 여성 황제. 국호를 주(周)로 고치고 15년을 통치하다 세상을 떠남.

세요. 서 계시니 제가 불편합니다.”

무조가 밝게 웃으며 하선고에게 자리를 안내했다.

“곁에 두어 득이 없을 자입니다. 멀리하소서.”

“그렇습니까?”

무조가 웃으며 하선고의 말에 반문을 했다.

“내 신경 쓰도록 하지요.”

무조는 별 대수롭지 않은 반응을 보이며 앞에 놓인 차를 권했다.

“깊이 들어주십시오.”

하선고는 놓인 잔은 보지도 않고 무조의 얼굴을 가만히 지켜보았다.

“저를 이 자리에 앉힌 사람입니다.”

무조의 긴 속눈썹 아래로 그늘이 지며 웃음기가 사라졌다.

“해가 될 자입니다.”

어두운 자, 그리고 세상을 어지럽히는 자.

“설령 그렇다 해도 멀리할 순 없습니다.”

무조가 고개를 저으며 자신의 차를 들었다.

“권력… 때문입니까?”

무조는 답을 하지 않았다.

“세상은 물과 같아 시간이 흐르듯 세상도 흘러갑니다. 자연은 무위이니 세상 또한 저절로 흘러가는 길이 있는 법이지요.”

　화려한 실내와는 어울리지 않는 근엄하면서도 깊이가 있는 말이 무조의 귀로 흘러들었다.

　"강에 둑을 쌓으면 물이 고입니다. 작게 쌓으면 작게, 크게 쌓으면 크게. 만약 누군가 있어 그 둑을 터주지 않는다면, 물은 계속 쌓여 마침내 둑을 타고 넘을 것입니다."

　무조는 눈을 내려 찻잔만 보았다.

　여선이 전하고자 하는 말이 무엇인지 잘 알았다.

　무엇이 옳고 무엇이 그른 것인지 분별할 줄 모르는 것이 아니었다.

　하지만 맞는 말이나 틀린 말이었다.

　자신이 황제가 아니었다면, 그저 평범한 범부였다면, 차라리 깊게 새길 말이었을 게다.

　하지만 자신은 이미 권력의 맛을 알아버린 노회한 정치인이었다.

　자식을 죽여 차지한 자리였다.

　이제와 물러설 순 없었다.

　"둑이 터져 물이 넘친다면 그 피해를 누가 보겠습니까? 혹 둑이 튼튼해 물을 계속 가둔다 한들, 그 또한 옳은 일은 못될 것이니 고여 썩은 물에 그 어떤 물고기가 살 수 있을 것이며……."

　하선고의 말은 계속 이어졌다.

　그녀가 전하는 말, 특히 앞을 알려주는 예언과도 같은 말은 사람을 혹하게 하는 맛이 있었다.

그러나 경전을 읽듯 들려주는 저런 얘기는 의미 없는 넋두리일 뿐이었다.

"휴, 듣지 않으시니 더 이상 말을 이을 수가 없군요."

말을 잇던 하선고가 하던 말을 멈추고는 찻잔을 집어 들었다.

무조의 얼굴에 미소가 돌아왔다.

하선고는 안타까웠다.

앞에 앉은 여인의 남은 삶은 이제 고작 십여 년밖에 없었다.

만약 들어올 때 본 사내와 거리를 둔다면 수명은 그보다 더 길어질 것이었다.

그러나 그것을 알려줄 수 없음은 선계의 율법 때문이니, 하선고의 안타까운 눈빛은 찻잔 속에 비치는 것으로 끝날 뿐이었다.

*　　*　　*

늦은 밤, 백가 가주 백군명의 거처로 사내 하나가 찾아왔다.

평범한 복색이나 나이에 비해 얼굴이 맑고 달린 수염이 없는 것이 특이하다면 특이한 사람이었다.

“재밌는 얘기를 들었습니다.”

사내가 앉자마자 말을 꺼내 들었다.

“무엇인가?”

백군명은 거만한 자세로 앉아 사내의 얘기를 들었다.

사내는 익숙한 듯 백군명의 자세에는 신경 쓰지 않고 전해 줄 말을 이어갔다.

상(上)과 하(下)의 관계가 명확한 두 사람. 백군명은 사내가 놓쳐서는 안 되는 인생의 가장 중요한 줄이었다.

“낮에 하선고가 황제를 찾아온 것은 알고 계실 테지요.”

“그런데?”

“둘의 대화를 들었습니다.”

“그런가?”

백군명은 덤덤하게 말을 받았다.

자신도 들은 것이 있었다. 그것도 직접.

황제의 집무실을 나서 회랑을 돌 때, 그의 귀로 하선고의 목소리가 들려왔다.

당연히 하선고가 들려준 얘기는 아니었다. 그가 들은 것일 뿐.

무공이 뛰어난 그가 조금 떨어져 있다고 해서 하선고가 황제에게 이르는 말을 듣지 못할 이유는 없었다.

궁을 나서야 했기에 처음부터 끝까지 다 듣지는 못했지만 최소한 그를 멀리하라는 말만큼은 분명하고 똑똑히 들은 바

있었다.

만약 그 얘기라면 더 들을 것도 없었다.

백군명의 표정을 읽은 것인지 사내는 재빨리 뒷말을 이어갔다.

"그녀와 황제가 이런저런 얘기를 하다가 화제가 강호 무림으로 이어졌습니다."

"황제와 여선이 무림 얘기를 했다? 별일이군."

"황국의 미래를 언급하던 중이었습니다. 그러다 황제께서 강호 무림인들의 힘에 대한 얘기를 꺼내셨지요. 그들이 가진 힘에 대한 경계와 더불어서요."

"황제가 겁이 많긴 하지. 모르는 사람들은 그녀가 철의 여인이라 오해하고는 있지만."

"그때 묘한 소리를 하더군요."

"어떤 말을?"

"시를 읊었습니다."

"시?"

"네, 대충 이런 내용이었습니다. 현현백경은 힘이 강하다. 그러나 옥환은 그에 맞설 수 있다……."

'옥환?

별 생각 없이 듣고 있던 백군명이 눈빛을 빛내며 사내의 말을 끊었다.

"잠깐, 옥환이라 했나?"

"네, 대인. 분명 그리 들었습니다."

백군명이 습관처럼 자신의 왼팔에 끼워진 팔찌를 쓰다듬었다.

'옥환이라.'

육감이 자신이라 일러왔다.

옥으로 된 팔찌가 어디 이것 하나뿐이랴 마는, 백군명의 육감은 시구의 옥환이 자신이 차고 있는 옥환임을 강하게 시사했다.

벽문옥환.

그것은 백가 가주의 상징이다.

대를 이어 세습되어 온 가주의 신물, 그것이 벽문옥환이다.

그러나 그 이름은 세가 사람들이 아니면 절대 모르는 것이기도 했다.

'여선이 옥환을 언급했다?'

백군명은 자신과 관련된 얘기가 다시 한 번 언급된 사실에 주목했다.

"계속하게."

"네, 대인. 현현백경은 강하다. 하지만 옥환은……."

현현백경(玄玄魄經)은 무상의 힘이라.

얻는 자 천하를 내려 볼 것이니

오직 옥환(玉環)만이 그에 대적할 것이다.

그러나 천하여, 두려운 것은 적도(赤圖)라.

잊지 마소서.

적도의 세상은 강호의 종말을 이끌 것이니.

잊지 마소서.

붉은 대지는 절대 잊지 않고 있음을.

"하선고의 말이 분명한가?"

알면서도 되묻지 않을 수 없었다.

"제 두 귀로 똑똑히 들은 얘기입니다."

"그렇단 말이지……."

백군명은 생각에 잠겼다.

무거운 침묵의 무게가 방 안 가득 내려앉았다.

백군명의 침묵으로 자리에 앉아 있기가 어색하던 사내가 슬그머니 눈치를 보며 자리에서 일어섰다.

그러나 생각에 잠긴 백군명은 방을 나서는 사내에게 관심을 주지 않았다.

"그러고 보니."

방을 나서던 사내가 무언가가 생각난 듯 다시 백군명을 향해 돌아섰다.

"대인께서도 푸른 문양이 있는 팔찌를 차고……. 윽!"

싸늘한 한광이 사내의 눈을 찔러왔다.

밤에 만난 호랑이의 눈처럼 시퍼런 눈빛이 사내를 노려

봤다.

"지나친 호기심은 독이 되는 법."

"아무렴요. 아무렴요."

사내는 거듭 허리를 숙이며 백군명의 용서를 빌었다.

땀까지 흘리며 비굴하게 용서를 구하는 사내를 보다 백군명이 고개를 돌리고 손짓을 했다.

"가봐."

"네, 대인. 그럼 전 이만."

인사를 하는 둥 마는 둥 사내는 급히 방을 나섰다.

어찌 모르랴.

내시 생활 수십 년에 남은 건 눈치인 것을.

'내가 오늘 저승 문턱을 넘을 뻔했구나.'

백군명의 처소를 나서며 사내는 자신의 목을 쓰다듬었다.

말실수 한 번에 목이 달아날 수도 있었다.

살아 문을 나선 것이 천행이라면 천행일 터. 사내는 깊은 숨을 내쉬며 뛰는 가슴을 진정시켰다.

'참, 내 정신없이 나오느라 말을 마저 전하지 못했구나.'

후들거리는 다리를 겨우 움직이며 바삐 그 자리를 벗어나던 사내가 미처 다 전하지 못한 뒷말을 떠올렸다.

'에이, 말자.'

그러나 사내는 곧 머리를 저으며 품었던 생각을 털어버렸다.

목숨은 소중한 것이었다.

당장 급한 일은 한시라도 빨리 궁으로 돌아가 목을 지키는 것, 범의 아가리에 다시 목을 들이밀 필요는 없었다.

"들었지?"

"네, 주군."

백군명의 말에 방 안 한쪽에서 문사 차림의 노인 한 명이 천천히 모습을 드러냈다.

"아는 바가 있나?"

노인이 고개를 저었다.

"당장 떠오르는 것은 없습니다. 다만 시구(詩句)의 흐름으로 보아 짐작컨대 아마도 현현백경은 무공을 가리키는 말인 듯 보입니다. 그리고 옥환은 아무래도 먼저 떠오르는 것이 가주님의 벽문옥환이고. 그런데 적도는… 전혀 짐작이 가는 바가 없습니다."

"자세히 알아봐. 어찌 되었건 하선고의 말이야. 허튼소리는 아닐 터이니 제대로 알아보도록."

"존명."

노인이 공손히 절을 올리고 그 자리에서 모습을 감추었다.

'현현백경, 옥환, 적도.'

백군명은 다시 생각에 잠겼다.

잡히지 않는 단어의 나열에 궁금증만 커졌다.

'하선고.'

분명 말을 전한 뜻이 있을 터였다.

반드시 알아내야 했다.

며칠이 지나 백군명은 시구에 대한 일 차 보고를 들을 수 있었다.

중원 전체에 퍼져 있는 백가의 세력을 총동원해 알아낸 내용이었다.

그러나 생각보다 건진 것이 없어 실망감 또한 컸다.

"현현이라는 말이 들어가는 무공은 현재로서는 밝혀진 바가 없습니다. 다만 언젠가 그 비슷한 말을 들은 적이 있다는 장수(將帥) 한 명의 진술을 들을 수는 있었습니다."

"장수라 했나? 무림인이 아니고?"

"그렇습니다, 주군."

"계속해 봐."

"네. 대상은 지금 변방 옥문관에 나가 있는 상장군 구양첨(九陽籤)입니다. 장수에 따르면 몇 해 전 그와 구양첨이 함께 술을 나눌 자리가 있었다고 합니다. 이런저런 얘기 끝에 서로의 무공에 대한 얘기가 나왔는데 그 자리에서 구양첨이 그와 비슷한 말을 꺼낸 적이 있다고 했습니다."

"상장군 구양첨……. 나도 그 이름을 들은 기억이 있어."

"구양가는 대대로 검을 익혀온 무가(武家)입니다. 특히 현천검이라 이름 붙여진 그들의 가전 비검은 꽤 높은 수준의 절공(絶功)이라는 평가를 받고 있고 있기도 하지요."

"그건 나는 아는 사실이야."

"장수의 말로는 현천검을 비롯한 구양가 가전 무공이 담긴 비급이 현현이라는 말로 시작된다고 구양첨이 말했다고 했습니다. 언뜻 스쳐 들은 애기라 확신할 수는 없지만 현현이라는 말이 맞을 것이라 했습니다."

"초식 명이 아니라 비급 명이다?"

"그렇습니다."

"확인은?"

"지금 준비 중입니다. 구양가가 대대로 뛰어난 장수를 배출해 온 이름 난 명문거족이라 조심스럽게 접근을 하고 있습니다."

"아냐. 그러지 말고 단숨에 처리해."

"그럼?"

"필요하다면……."

"알겠습니다."

노인이 공손한 인사를 올리며 보고를 마쳤다.

'구양가……. 확인해 보면 알 일.'

허공을 향한 백군명의 눈이 날카롭게 빛났다.

*　　*　　*

장안(長安) 외곽 구석진 곳에 허름하지만 고풍스런 멋을 풍기는 건물이 한 채 있었다.

웅장하진 않았지만 꽤 넓게 지어진 건물은 구양가문이 장안에 들어온 이래 수대를 내려오며 삶의 터전으로 삼고 있는 곳이었다.

구양가는 무가였다.

당조(唐朝) 수 명의 황제를 거치며 그들은 황제와 나라에 충성을 이어갔다.

나라의 안위를 그들이 책임지고 있다는 세간의 평이 무색하지 않게, 그들은 나라 곳곳에서 그 빼어난 위명을 드날리고 있었다.

그러나 그들은 그들의 위치에 비해 너무도 청렴하고 결백했다.

그들은 지위를 이용한 그 어떤 불의도 저지른 적이 없으며, 사적 연줄이나 안면이 그들의 판단에 단 한 번도 영향을 미친 적이 없었다.

오로지 곧고 바른 처신으로 세상과 타협하지 않고 자신의 직분에 묵묵히 충실하며 살아온 사람들. 그것이 구양가의 참된 모습이었다.

"크윽!"

짧은 신음 소리가 터졌다.

그리고 그런 신음은 한곳에서만 나는 소리가 아니었다.

"큭!"

조용하던 구양가의 밤.

그러나 갑자기 들이닥친 복면인들로 구양가의 밤은 고요하던 평온이 깨져 버렸다.

신음 소리는 간간이 들렸지만 병장기가 다투는 소리는 들려오지 않았다.

철저히 준비된 복면인들의 야습(夜襲)에 구양가 사람들은 변변한 저항 한 번 해보지 못하고 월야의 고혼이 되어 이승을 등졌다.

아무리 암습이라 하지만 저렇게까지 속절없이 당할 구양가는 아니었다.

하지만 강하고 치밀하게 준비된 복면인들의 공세는 구양가 사람들이 미처 자신들을 추스르기도 전에 그들의 목숨을 앗아가 버렸다.

구양가 일족이 떼죽음을 당하는 데는 그리 오랜 시간이 걸리지 않았다.

가문의 가장 큰 어른에서부터 아직 젖을 떼지도 못한 갓난아이까지, 밤의 깊음이 채 가시기도 전에 그들은 복면인들 검의 희생물이 되어 차디찬 바닥에 누워 버렸다.

복면인들은 올 때처럼 은밀하고 빠르게 일을 마치고 구양가를 빠져나갔다.

　남은 것은 아녀자 몇과 어린아이 몇 명뿐. 황국을 수호하는 거대 가문의 몰락은 너무도 급하고 처참하게 찾아왔다.

　이유도 모르고 가족을 잃은 여인들의 통곡 소리가 깊은 밤 담을 넘어 장안으로 퍼져 나갔다.

　여전히 깊고 고요한 밤.

　장안의 밤은 아침이 되기 전에 발칵 뒤집혔다.

＊　　　＊　　　＊

　"이것입니다."

　노인이 백군명에게 책자 한 권을 내밀었다.

　"현현백경……."

　표지에 적힌 글자를 잠시 보던 백군명이 책장을 넘겨보았다.

　"장법인가?"

　"검결과 신법 또한 들어 있었습니다."

　꽤나 빽빽하게 적힌 글을 보니, 쉽게 읽힐 책은 아닌 듯 보였다.

　"내용은 확인을 해보았나?"

　"보고를 드리느라 아직 제대로 확인을 하지는 못했습니다."

　"알아봐."

책을 덮어 노인에게 다시 건네며 백군명이 명을 내렸다.

"가능한 빨리."

"네, 주군."

물러나는 노인의 인사를 받고 백군명은 빈 방에 홀로 남았다.

'곤란해.'

곤란했다.

무엇이 되었건 백가의 성세를 위협할 만한 그 어떤 것도 존재해서는 안 되었다.

─현현백경(玄玄魄經)은 무상의 힘이라. 얻는 자 천하를 내려 볼 것이니 오직 옥환(玉環)만이 그에 대적할 것이다.

말도 안 되는 소리였다.

현현백경이 아니라 그 어떤 것을 얻어도 천하를 내려 볼 수는 없다.

백가가 존재하고 있고 또 앞으로도 존재하는 한, 백가가 아닌 누구도 영원히 천하를 내려다 볼 수는 없다.

'옥환만이 그에 대적할 것이다?'

웃기는 소리.

대적이 아니라 압도다.

그리고 그것은 어젯밤의 일로 증명이 되었다.

천상천하 유아독존.

백가는 그래야 했다.

수백 년, 수천 년이 흘러도 백가는 그 오만한 지위를 잃지 않을 것이었다.

'앞으로도 영원히.'

그것이 백가였다.

*　　*　　*

구양가의 일은 장안에 큰 충격과 혼란을 가져왔다.

많은 이가 사태의 진실을 궁금해했고, 많은 이가 사태의 본질을 알아내느라 애를 썼다.

그러나 흉수가 누구인지, 그리고 그 목적이 무엇이었는지 어느 것 하나 밝혀진 것이 없이 구양가의 일은 그렇게 흐지부지 묻혀 버렸다.

옥문관에 있던 상장군 구양첨이 뒤늦게 장안으로 급히 돌아왔다.

황제를 알현하고 진실 규명을 위해 좀 더 애써주길 간구했지만, 돌아오는 것은 입에 발린 위로 몇 마디가 다였다.

씁쓸한 마음으로 돌아온 집에서 구양첨을 기다리고 있던 것은 어린아이 몇 명과 힘없는 아녀자뿐, 살아 숨을 쉬고 있는 구양가의 사내는 구양첨 자기 혼자뿐이었다.

구양첨은 상장군의 자리에서 물러났다.

황제가 말리긴 했지만 그를 계속 붙잡을 명분은 없었다.

대를 이어 황국을 수호하던 나라 제일의 무가는 그렇게 역사의 이면으로 사라져 갔다.

세상 모두의 존경을 받았고, 누구보다 나라에 충성을 바쳤던 그 충신의 가문은 이후 더 이상 관직에 나서지 않았다.

그러나 세월이 흐르고 대가 이어지면서 그들은 다시 융성한 성세를 이루게 되었다.

그리고 먼 훗날 그 자손 중 한 명이 강호 천하제일인의 자리에 오르게 되니 그가 바로 빙검 구양수였다.

第七章

  사람이 도를 닦아 깨달음을 얻고 덕을 쌓아 그 공적이 선계
에 닿으면 우화를 하여 등선을 하게 되니, 이런 자를 일컬어
신선이라 했다.

  그러나 그것이 모든 신선에 해당되는 것은 아니었다.

  현청처럼 도를 닦되 그 뜻이 아직 세속에 남아 있는 자들은
따로 거처를 마련해 속세의 일을 간수하게 했다.

  바로 그들이 선인이었다.

  선인(仙人)은 신선이되 인간이었다.

  속세를 떠나 선계의 언저리에 자리를 잡았으나, 또한 속세
의 일로부터 완전히 자유로울 수는 없었다.

　그래서 선인은 반인반선(半人半仙)의 위(位)에 있는 자라 할
수 있었다.

＊　　　＊　　　＊

　눈 쌓인 길을 보던 것이 엊그제 같은데 어느새 봄이 찾아왔
다.
　세상만사 만변하는 흐름 속에서 계절은 어김없이 그 운행
을 계속했다.
　누군가는 봄을 맞아 한 해 농사를 준비하느라 여념이 없었
고, 누군가는 새봄에 맞이할 반려자를 그리며 또 하루를 설레
며 지내고 있었다.
　청해 서쪽 곤륜산.
　천험(天險)의 기산(奇山)에도 봄기운은 조금씩 찾아들었다.
　높은 산정의 흰 눈은 여전히 깊이 쌓여 겨울의 기억을 떠올
리게 했지만, 산 아래 작은 평지에 파릇파릇 돋아나는 새싹은
이곳 오지에도 봄이 오고 있음을 알려주었다.
　"일어났는가?"
　현기(賢氣)가 자연스레 묻어나는 맑은 음성이 조용한 아침
공기를 일깨우며 계곡 사이로 흘러나왔다.
　"네, 어르신. 어르신께서도 편안히 주무셨는지요?"
　바위에 앉아 묵상에 잠겨 있던 흑의 청년이 들리는 목소리

에 맞춰 안부를 전했다.

"아직 성치 않은 몸인데 너무 무리는 말게."

상대를 염려하는 인자한 음색이 청년의 귀에 가만히 내려 앉았다.

"덕분에 거의 다 나았습니다. 아침 명상 정도로 문제가 될 일은 없을 듯하니 너무 심려치 않으셔도 됩니다."

청년의 흑의는 빛이 많이 바랬고 여기저기 실로 기운 구석이 많았다.

군데군데 뚫려 있는 구멍은 단지 낡아 그리된 것이라 보기엔 그 형태가 특이했고, 곳곳에 길게 나 있는 기운 흔적은 청년의 옷이 꽤 많이 찢어진 적이 있음을 나타내었다.

많이 헤어진 흑의에 어깨를 조금 넘는 헝클어진 머리, 호리호리 하면서도 키가 큰 청년은 감숙에서 마교 교주 단리천과 싸워 생사지경을 헤매던 풍이었다.

"그래도 조심하게. 서두르는 것은 느림보다 못한 법이야. 자네 몸이 특이해 회복이 빨라서 그렇지, 보통 사람이었다면 몇 년은 족히 병상에 누웠어야 할 몸이었어."

"알고 있습니다."

풍이 미소를 지으며 염려에 감사를 표했다.

"어서 올라오게. 아침 식사가 다 차려졌으니."

"네, 어르신."

풍이 가부좌를 풀고 자리에서 일어섰다

두 팔을 들어 기지개를 켜니 온몸 가득 개운한 느낌이 들었다.

상처는 이미 회복이 다 되었다.

그의 몸이 특이했든, 치료한 이의 의술이 뛰어났든, 다치기 이전과 비교해도 전혀 손색이 없을 정도로 풍은 몸이 회복된 상태였다.

풍이 이렇게 생사지경에서 목숨을 건질 수 있었던 것은 다저 절벽 위에서 자신을 부르고 있는 현청의 덕이었다.

"입에 맞나 모르겠네."

"번번이 죄송합니다. 제가 준비하는 것이 맞는데."

"그런 소리 말게. 내가 좋아서 하는 일인데 뭘 그리 신경을 쓰나."

"그래도 어찌 번번이."

"무당에 있을 때부터 수십 년을 해온 일이야. 내가 재밌어 하는 일이기도 하고. 신경 쓰지 말고 어서 드시게."

"그럼 감사히 먹겠습니다."

풍이 감사를 표하며 식사를 시작했다.

현청은 나무 수저로 아침 식사를 하는 풍을 가만히 지켜보았다.

그리고 몇 달 전 급히 찾아갔던 오초령에서의 일을 떠올렸다.

　―적도의 주인을 만날 때가 되었소.

　곤륜 선인들의 가르침에 따라 오초령 고개에 당도했을 때, 그가 가장 먼저 본 것은 의식을 잃고 쓰러져 있던 풍이었다.

　이미 기식이 엄엄해 감히 생사를 논할 상황이 아닌데다, 주위를 싸고 있는 복면인들에 그 희미한 목숨마저 풍전등화의 위기에 놓여 있었다.

　급히 검을 들어 남궁태민, 오윤과 더불어 남은 적을 소탕하고 나니, 풍의 창백하던 안색은 그 사이 색이 변해 점차 누렇게 죽어가고 있었다.

　남궁태민 등에게 자초지종을 설명하고 현청은 풍을 곤륜으로 데려왔다.

　풍이 온전한 사람이라 곤륜의 선계로는 데려올 수 없었지만, 곤륜 선인들의 손길은 곤륜 아랫자락 이곳에까지 미칠 수 있었다.

　―반드시 살려야 하오.

　다가올 속세의 겁란을 피하고자 곤륜의 선인들은 풍의 치료에 만전을 기했다.

　반선(半仙)이나 신은 아니어서 그들의 노고엔 많은 어려움이 따라야 했다.

그러나 정성의 갸륵함을 하늘이 도왔던지 풍은 마침내 생의 호흡을 제대로 이어갈 수 있게 되었다.

"몸 보전 잘하시게. 이제 얼마 후면 먼 길 떠나야 할 것이니, 남은 동안이라도 최대한 몸을 추슬러 놓아야 하네."

"잘 알고 있습니다. 어르신."

풍이 현청의 염려에 공손한 언행으로 답을 했다.

며칠 후 풍은 먼 길을 떠나야 했다.

'붉은 대지.'

적도에 감춰진 비처를 찾아 풍은 수천 리 먼 길을 나서야 했다.

처음 몸이 회복되고 어느 정도 거동이 가능해졌을 무렵, 현청이 양피지 한 장을 내밀었다.

반으로 고이 접혀 있던 그 양피지 안엔 어지러운 문양의 그림 한 점이 그려져 있었다.

"무엇입니까?"

"적도라는 것일세."

"이것이?"

"그렇네. 그게 바로 그 적도라네."

그러나 천하여, 두려운 것은 적도(赤圖)라.

잊지 마소서.

적도의 세상은 강호의 종말을 이끌 것이니.

잊지 마소서.

붉은 대지는 절대 잊지 않고 있음을.

현청이 시구를 읊었다.

마치 문사가 경전을 낭독하듯, 현청은 눈을 감고 나직이 시구를 되새겼다.

"세상 사람 대부분이 무림 삼대전설을 나타내는 여덟 줄의 이 시구가 한 편의 글이라 생각을 하지만, 사실 이 시구는 두 개의 시구가 하나로 합쳐져 전해져 오는 것이라네."

나직이 시 구절을 읊조리던 현청이 풍에게 말문을 열었다.

"그것은 천년도 훨씬 넘은 오래전 애기라네."

세상은 모르는 이야기.

선인들 사이에서 비밀리에 전승되던 오래된 이야기.

현청이 그 시에 얽힌 진정한 비화(秘話)를 말하기 시작했다.

풍이 현청의 말에 귀를 기울였다.

"천년도 넘는 아주 먼 옛날. 천하는 전화(戰禍)의 소용돌이에 빠져 있었네. 춘추의 환란을 지나 전국의 겁란까지 천하는 대립과 길등으로 극심한 혼란 속을 치닫고 있었지."

낭랑한 현청의 말이 이어졌다.

"신하가 왕을 죽이고는 스스로 왕이 되어 제왕의 자리에 올랐네. 그리고 그런 자들이 세운 나라가 여덟. 어지러운 세상이라 나라 간의 전쟁이 끊임없이 이어지고 있었지. 역사상 가장 어둡고 야만적인 시대였네.”

풍이 고개를 끄덕였다.

“왕은 자신의 욕심과 나라의 강성만을 꿈꾸니 고통과 핍박은 오롯이 백성들의 몫이 되어버렸네. 원성이 하늘에 닿았음인지 가뭄과 홍수가 이어지니, 나오나니 한숨이요, 보이나니 굶어 죽은 시체들뿐이었다네.”

풍은 자신이 겪었던 전란을 떠올렸다.

어린 때였으나 기억은 생생했다.

참혹하고 잔인했던 기억. 풍은 저도 모르게 가슴이 답답해졌다.

“당시 세상을 돌며 고통받는 민초를 돌보시던 곤륜의 태을선인(太乙仙人)께서는 그런 참담한 현실에 매우 가슴 아파하셨지. 손닿는 모든 곳에 도움을 주고는 계셨지만 한계가 있는 일이었네. 그러다 진(秦)이라는 나라에서 한 사내를 보게 되셨네.”

세상에 정의가 사라지고 탐욕과 불의만이 가득한 가운데, 구양의 성을 가진 그 사내는 진실로 세상의 혼란을 걱정하며 그것을 올바로 잡을 방법을 고민하고 있었다.

세상이 어둡다 한들 어느 한구석에 작은 불빛이 없을까?

구양의 사내, 구양조(九陽造)는 어둠을 밝히는 바로 그 작은 불꽃과 같은 사내였다.

"그런 그에게 태을선인께서 한 권의 책을 내리시니, 그 책이 바로 현현백경이었네. 현현백경은 단순한 무공 비급이 아닌 도가의 정수가 담긴 참된 경전이라. 그 안의 호흡과 명상법을 통해 마음을 가다듬고 올바른 심정을 길러 탕마멸사(蕩魔滅邪)의 바른 길을 갈 수 있게 인도하는 책이었지."

─무상의 힘이 담겨 있는 책이니라. 너는 그것을 바르게 익혀 천하 만생을 올바른 길로 인도하라.

선인의 뜻을 이어받은 사내는 그 길로 산에 들어 수련을 시작했다.

그리고 과연 태을선인의 눈은 틀리지 않았으니, 현현백경을 익힌 구양조는 분열된 천하의 중심에서 도(道)와 화(和)를 전하고, 고칠 수 없이 그릇된 마음을 품은 자들을 하나둘 척결해 갔다.

지(智)와 용(勇)으로 세상의 갈등을 봉합하는데 앞장섰던 것이었다.

그리고 수년 후, 구양조는 천하의 분란을 해소하고 모두가 하나로 묶일 수 있는 거대한 황조의 기틀을 세우게 되니, 통일 제국 진의 건립 이면에는 구양조가 세운 공이 컸다.

"구양의 사내는 시황제로부터 부귀와 영화를 보장받았네.

그러나 사내는 거부했지. 그가 바란 것은 그런 세속적 욕망이 아니었거든. 그리고 그는 다시 세상을 떠돌았네. 자신이 바라던 일을 제대로 다지기 위해."

멀고 먼 아득한 옛날 얘기였다.

자신과 그리고 넓게 보아 무림과 관련된 중요한 얘기였지만 풍은 현청의 말이 할아버지가 어린 손주에게 들려주는 옛날이야기처럼 재미있게 들렸다.

"그러나 세상을 돌면서 사내는 괴로워해야 했네. 어찌되었든 자신의 손에 묻혀야만 했던 수많은 피의 업보를 그는 지울 수 없었던 게야."

구양조는 산에 들어 마음을 닦았다.

참된 삶, 진정한 인간의 도리에 대해 끊임없이 고민을 했다.

그러길 수십 년, 마침내 마음 한구석에 작은 깨달음을 품고 그는 산을 내려올 수 있었다.

"그는 옛날 태을선인이 그랬던 것처럼 다시 온 천하를 떠돌았다네. 그러면서 사람들에게 참된 삶에 대해 가르치며 자신의 깨달음을 전하려 했지. 많은 곳을 다녔고, 많은 것을 보고 들었네. 또한 많은 사람을 만났지. 그러다 만난 것이 염백(炎伯)이란 사내였네."

천하를 떠돌던 구양조가 어느 외진 산골에서 대장장이 일을 하는 염백을 처음 보았을 때, 그는 상대가 결코 평범한 사람이 아님을 한눈에 알 수 있었다.

사소한 동작과 적은 몇 마디 말에서도 상대를 읽을 수 있던 구양조는, 쇠를 녹여 검을 만들고 있는 저 평범해 보이는 대장장이가 사실은 엄청난 능력을 감추고 있는 고수임을 알아차린 것이었다.

그것은 염백 역시 마찬가지였다.

비록 그가 겉으로는 쇠를 두드려 도구를 만드는 사람이었지만, 그는 축융의 후예이자 천인의 경지에 이른 사람이었다. 그래서 자신을 보고 있는 남루한 행색의 노인이 인간의 경지를 한참 넘어선 자임을 어렵잖게 파악할 수 있었다.

"대화가 오가고 친분이 쌓이면서, 둘은 서로에 대해 점점 더 호감을 갖게 되었네. 한참 차이 나는 나이는 아무런 문제가 될 수 없었네. 그리고 구양조가 염백의 대장간에 머무는 시간도 차츰 더 길어졌지."

구양조는 검을 만드는 염백의 모습을 하염없이 지켜보았다.

하루가 지나고, 이틀이 지났다.

그렇게 며칠이 지나니, 어느덧 작업은 막바지에 접어들었다.

다시 하루가 지나자 바침내 뽀얀 속살을 드러내며 예기를 발하는 하나의 검을 볼 수 있었다.

—참으로 아름다운 검이구려.

—선물입니다. 친구에게 줄 작은 선물이지요.

—훌륭하구려. 가히 신병이라 칭할 만하오.

—그렇습니까?

염백이 검에 기를 불어넣자 검은 둥근 팔찌가 되어 그의 손
에 얹혔다.

—환(環)으로 변하는구려.

—작은 재주를 부려봤습니다.

—허허. 참으로 놀라운 신물(神物)이오. 대단하오, 정말 대
단하오.

'소마.'

풍은 현청이 말하는 그 사내가 누군지 알았다.

모를 수가 없었다.

눈을 감으면 떠오르는 영상이었고, 지금도 그 원통한 마음
은 가시질 않고 있는데…….

—선인이 내리신 나의 재주가 천하제일의 묘를 가진 줄 알
았건만, 그대의 검은 가히 나의 재주를 뛰어넘는구려.

—과찬이십니다.

―아니오. 진정 아니오.

"어느 것이 낫다고 우열을 가릴 수 없는 절세의 신공과 신검. 구양조는 귀한 물건을 접한 심경을 담아 하나의 시를 읊었네. 그것이 지금 전해지는 시의 앞 구절일세. 그것은 그렇게 처음 세상에 나오게 된 것이지."

현청의 현기 어린 목소리가 모옥 안을 잔잔히 채웠다.

"혹 그 염백이란 사내에 대해 더 아시는 것이 있으십니까?"

혹시라도 소마에 대한 더 많은 이야기를 들을 수 있을까봐 풍은 현청의 얼굴을 빤히 바라보았다.

궁금했다.

그가 어떤 사람이고, 어찌 살아왔는지.

자신이 보는 환영은 언제나 같았다.

친구, 그리고 배신.

혼자만 알던 이야기였다.

세상 누구도 기억 못하는 풍과 소마만의 비밀이었다.

그런데 지금 그 은밀한 비밀의 껍질이 벗겨지려 하고 있었다.

풍은 가만히 현청의 얼굴만 바라보았다.

"삼십 년이 지나 구양조는 선계의 부름을 받았네. 등선의 날을 앞두고 사내는 대장장이를 찾아갔었다네. 그러나 그곳에 더 이상 그 사내는 살지 않았지. 수소문 끝에 그가 갇힌 백색 탑을 찾아갈 수 있었네. 그리고 그 탑의 깊고 어두운 공간 안에서 쓸쓸히 최후를 맞이하던 염백을 볼 수 있었네.”

소마의 마지막을 얘기하던 현청의 목소리는 여전히 맑고 차분했지만, 듣는 풍의 가슴엔 통증이 일었다.

—그들은 나의 모든 것을 앗아갔소. 나의 가족, 나의 재주, 그리고 나의 믿음까지도. 그러나 그들은 모를 것이오. 그들이 내게서 가져간 많은 것 중에 그들을 파멸시킬 나의 원념이 숨어 있다는 것을.

염백은 뼈만 남은 앙상한 몰골로 구양조를 보며 웃었다.

처연하고 그늘진 웃음이 구양조를 안타깝게 했지만 염백을 살리기엔 너무 늦어 버렸다.

홍주는 그렇게 만들어졌다.

가진 모든 것을 내놓으며, 짙은 원한의 불꽃을 심어 둔 것이다.

백가가 아닌 자.

그러나 백가의 무공을 이은 자.

그중에 인연이 닿는 자가 홍염을 이을 것이었다.

그리고 그 인연은 천년의 세월을 넘어 풍에게 이어졌다.

―죽여라!

소마의 원념이 들려왔다.

듣지 않아도 들려오는 소마의 원성이 유달리 강하게 가슴을 울렸다.

"백탑을 나온 구양의 사내가 대장장이의 가족을 찾아갔지. 조그만 움막에 초라한 생을 유지하던 그들은 참으로 불쌍하고 가녀렸다네. 그러나 그때 구양조는 볼 수 있었네. 먼 훗날, 그들의 후예가 천하를 피로 물들이는 광경을. 그리고 그때 시구의 뒷부분이 지어졌다네. 그것은 후대에 대한 경고였고, 그것이 곤륜의 선인들이 자네를 찾은 이유이기도 하네."

*　　*　　*

청해에서 하북까지의 거리는 수천 리가 넘는다.

말을 타고 간다 해도 한 달이 넘는 먼 길을 풍은 간간한 행장만을 꾸리고 길을 나섰다.

가야 하는 곳은 적도가 가리키는 붉은 대지, 천년의 한을 품은 사람들이 살고 있는 곳이었다.

'열하.'

적고의 어지러운 문양이 가리키는 곳은 하북의 열하였다.

그곳에 축융의 후예, 소마의 자손들이 살고 있었다.

*　　　*　　　*

땅땅땅.

한 여름의 뙤약볕을 가르고 경쾌한 망치 소리가 울려 퍼졌
다.

매매매매맴.

점점이 허공을 울리는 맑은 음향에 나무에 붙어 있던 매미
들이 호응을 했다.

망치가 울리면 매미가 울고, 망치 소리가 그치면 매미가 우
는 것을 멈추니, 더운 여름의 하늘은 인간과 자연이 만들어내
는 소리로 가득했다.

백발의 노인은 이마에 무명베를 두르고 망치질에 여념이
없었다.

날씨와 화로의 영향으로 턱에 땀이 맺혀 방울져 떨어졌지
만, 노인은 망치질을 멈추지 않았다.

땀이 번들거리는 구릿빛 상체가 노인의 하얀 머리색을 비
웃으며 꿈틀거렸다.

청년의 몸이 부럽지 않게 잘 발달된 노인의 몸이었다.

"어디……."

노인이 손에 든 망치를 잠시 옆에 놓고 두드리던 검날을 들어 면을 살폈다.

날이 서지 않아 둔탁해 보이기는 했지만, 검날은 곧은 자태를 숨기지 않으며 노인에게 적절한 만족감을 주었다.

"일각이면 끝날 것일세."

노인이 푸른 불꽃이 피어 있는 화로에 검날을 넣으며 혼잣말처럼 말을 꺼냈다.

"저는 괜찮으니 천천히 하셔도 됩니다."

한쪽 구석에 서서 노인의 하는 일을 보고 있던 흑의 청년이 웃으며 말을 전했다.

그러나 흑의 청년의 밝은 웃음은 화로 속 검날에 밀려 노인에겐 보이지 않았다.

불꽃 속에서 검날이 붉게 달아올랐다.

그러다 붉던 검날이 차츰 노란빛을 내보이자 노인이 날을 꺼내 다시 담금질을 시작했다.

땅땅땅.

두드리는 소리엔 운율이 있었다.

때론 강하게, 때로는 약하게.

적재적소에 알맞은 힘이 가해지며 망치 소리는 독특한 운율을 만들어냈다.

치이이이이.

하얀 수증기가 오르고 검날이 열기를 잃었다.
예리한 노인의 눈이 검날의 굴곡을 더듬더니, 이전보다는 작은 손놀림으로 검날을 다스렸다.
다시 소리가 울렸다.
일정한 듯 미묘한 차이를 보이며 소리가 울렸다.
천천히 조그맣게 나는 소리는 이제 검날의 완성이 머지않았음을 알리는 소리였다.
그리고 어느 순간 소리의 간격이 길어지더니, 마침내 소리가 멎었다.
노인이 검날을 들어 면을 살폈다.
거칠고 투박한 손이 겉면을 쓰다듬었다.
굳은살이 어울리지 않는 섬세한 손놀림. 노인은 날의 앞뒤를 찬찬히 점검하더니 다 됐다는 듯 비로소 검날을 내려놓았다.
담금질이 끝난 것이다.
“들어오게.”
노인이 퉁명스럽게 말을 꺼내곤 등을 돌렸다.

장인 특유의 무뚝뚝함인지, 아니면 원래 성격 탓인지는 모르겠지만, 노인은 그 한마디를 툭 던지고는 건물 안쪽 그늘 속으로 사라져 갔다.

그 뒤를 얼른 따라가는 흑의 청년, 풍의 얼굴엔 여전히 웃음이 맺혀 있었다.

＊　　　＊　　　＊

실내는 소박했다.

침상 하나가 한쪽 벽을 차지하고 있을 뿐, 그 흔한 그림 한 점 벽에 걸려 있지 않았다.

그러나 그 단출한 실내를 무시할 수 없음은 사방에서 전해지는 날카로운 기운 때문이니, 노인은 평범한 대장장이는 아닌 모양이었다.

"적도라……. 이렇게 생긴 것이었군."

노인이 풍이 꺼내놓은 양피지를 보며 감회에 젖은 듯 잠시 말을 않았다.

탁자 위의 차는 흐르는 시간에 그 향을 잃어갔지만, 적도를 보는 노인의 시선은 변하지 않았다.

한 모금, 풍이 차를 마셨다.

그리고 조용히 앉아 노인의 말을 기다렸다.

그러나 노인의 입은 굳게 다물어져 열리지 않았다.

풍이 다시 차 한 모금을 마셨고, 또 시간이 흘러갔다.

하지만 여전히 노인은 조용히 침묵을 유지했다.

매미가 울고, 새소리가 들렸다.

그렇게 반복하기를 여러 차례. 풍의 찻잔이 비었고 매미는 더 이상 울지 않았다.

"이곳은 어찌 찾았나?"

"선인들의 가르침이 계셨습니다."

"선인?"

"그렇습니다."

"그랬군."

노인은 잠시 고개를 끄덕이더니 다시 입을 닫았다.

그리고 또다시 이어지는 침묵.

풍은 잠자코 그의 입이 열리기를 기다렸다.

"천 년일세. 그도 짧게 잡아 그렇지."

한참을 지나, 낮고 무거운 목소리가 실내의 정적을 깨뜨렸다.

노인이 무겁게 닫혀 있던 입을 연 것이었다.

"솔직히 난 회의를 품고 있었네."

노인이 적도를 보던 시선을 거두고 풍을 보았다.

"백가, 벽문옥환, 그리고 적도……. 사실 솔직히 너무 허황되지 않나?"

노인의 얼굴에 처음으로 웃음이 맺혔다.

그러나 쓴웃음.

"아버지는 할아버지로부터, 할아버지는 그 할아버지로부터. 우리 염 씨들은 한을 잇고 살았네. 와 닿지 않는 한을 억지로 느끼며 어릴 적부터 그렇게 살아왔지."

노인이 적도를 다시 풍에게 건넸다.

그러나 건네는 그 손길엔 처음 적도를 잡았을 때의 작은 떨림은 사라지고 없었다.

"세상에 한이 없는 사람이 누가 있을까? 억울하게 죽어간 사람이 그 어르신 혼자뿐일까? 한 대만 넘어가도 흐려지는 것이 쓰린 기억일진데 무려 천 년이야, 천 년. 그 긴 시간을 우리 할아버지들은 그렇게 한을 이으며 살아왔단 말일세. 정말 말도 안 되는 얘기이지 않나?"

풍은 말없이 고개만 끄덕였다.

그리고 그것 외엔 달리 할 말도 없었다.

풍은 느낀다.

그리고 보고 있다.

소마가 어찌 살았고, 어떤 아픔을 겪었는지를.

그러나 앞에 앉은 노인은 모를 것이었다.

얘기로 듣고, 또 유훈을 받았겠지만 천년은 긴 시간. 남아 있는 공감대가 있을 리 없었다.

"하지만 우리는 잊지 못했네. 아니, 잊을 수 없었지. 백가. 그 생생한 증거가 남아 우리를 일깨우거든."

염가는 백가를 알고 있었다.

그들이 누구인지, 그리고 어떤 자들인지. 그들은 잘 알고 있었다.

선조의 한은 힘을 낳았고, 힘은 세대를 지나며 쌓여 갔다.

상대의 힘이 컸기에 자신들도 힘을 키워야 했고, 그 목표는 천년의 세월을 버티게 하는 힘이었다.

"붉은 대지는 잊지 않고 있다고 했지. 맞네. 우리는 잊지 않고 있어. 아니, 오히려 더 이를 악물고 힘을 키우려 했네. 그것만이 후대에 이 무거운 멍에를 지우지 않는 유일한 방법이거든."

낮고 담담한 목소리였다.

그러나 그 안에 실린 말의 무게는 듣고 있는 풍에게 충분히 전달되고도 남았다.

"백가는 곧 천하일세. 중원 어느 곳에도 백가는 존재하지. 저 높은 황실부터 저 아래 비루한 거지들에 이르기까지 그들은 자신들의 힘을 가지고 있네. 그래서."

노인이 말을 멈추었다.

그리고 풍의 얼굴을 가만히 바라보았다.

화로의 불꽃처럼 강한 시선이 풍의 동공을 파고들었다.

그것은 고수의 눈빛, 그리고 그와 또 다른 강한 힘을 가진 자의 눈빛이었다.

“자네는 무림인이겠지?”

“그렇습니다.”

“그리고 나를, 아니, 우리를 찾아 온 것도 무림을 위함일 테고.”

“그렇습니다. 아니, 그렇지 않습니다. 제가 이곳을 찾아온 것은 단지 무림만을 위함이 아닙니다. 단지 무림이 아니라 천하 창생을 걱정하는 수많은 염려를 대신해 온 겁니다.”

“자네가 어른의 유지를 이어받았기 때문에?”

“아마 그럴 것입니다.”

풍의 대답에 노인은 고개를 저었다.

“아쉽겠지만 이미 늦었네.”

“이유를 말해주십시오.”

풍이 깊은 눈빛으로 노인을 바라보았다.

방금 전의 미소는 온전히 사라지고, 굳고 강한 표정만이 얼굴에 남아 있었다.

“조만간 세상은 개벽을 할 것이네. 이전에 없던 큰 물결이 천하를 덮칠 것이야. 그것은 변할 수 없는 하늘의 이치이니, 그대가, 아니, 우리가 어찌할 수 있는 것이 아니라네.”

“그게 무슨 말씀이십니까?”

노인은 눈을 감고 고개를 저었다.

그러다 잠시 후, 낮은 탄식을 내뱉더니 천천히 입을 열었다.

“내 하나만 일러주겠네.”

“말씀하십시오.”

“적도가 이르는 진정한 붉은 대지는 이곳이 아니네.”

第八章

늦여름의 더위가 대기를 뜨겁게 달구던 그 어느 날. 두려움
이 가득한 낙양 백성들의 불안한 시선 사이로 마교 마인들을
태운 말이 천천히 낙양 성문 안으로 들어섰다.

오만한 미소 속에 거친 마기를 풀풀 날리며, 마인들은 점령
군이 되어 낙양대로를 걸었다.

태양은 뜨거웠으나 거리는 스산했다.

낙양대로를 울리는 말발굽 소리만이 빈 공간의 여백을 메
울 뿐이었다.

무림맹 현판이 내려졌다.

그리고 마교의 검은 현판이 그 자리를 차지했다.

이전 현판보다 더 크고 두꺼운 마교 현판은 정도 무림의 최후를 생생하게 보여주었다.

무인들은 침묵했다.

술을 마셨고, 울었다.

무림 결사대 삼천이 전장의 이슬로 사라졌다.

불과 오백에 불과한 마교 마인이었지만, 무림은 그들을 당해낼 힘이 없었다.

많은 사람이 죽고, 다쳤다.

최후까지 결사대를 독려하던 무림맹주 구양수가 마교 사대마령의 합공에 사지가 끊어졌고, 제검 남궁태민은 남은 생존자들의 탈출을 돕다가 십대마존의 암수에 유명을 달리했다.

삼천의 결사대 중 살아남은 자 겨우 이백.

중원무림은 무너져 버렸다.

─마도천하.

이전의 모든 무림 질서는 마교를 중심으로 새로이 재편되었다.

따라야 했으며 거부는 죽음이었다.

얼마 전까지만 해도 천하제일세로 대접받던 남궁세가가 제일 먼저 봉문을 선언했고, 차마 마교의 아래로 들어갈 수는 없었던지 무당이 그 뒤를 이어 정문을 닫았다.

그리고 이후, 봉문을 선언하는 문파의 행렬이 속속 이어졌다.

그것이 불과 몇 달 사이의 일.

마도천하.

무림사 수천 년에 처음으로 마도천하가 실현되었다.

—강자존.

마교는 단 하나의 논리로 세상을 지배했다.

그들은 정(正)과 사(邪), 속(俗)과 승(僧), 그리고 도(道)를 구분하지 않았다.

누구든 마교의 제자가 될 수 있었고, 누구든 마교의 윗자리에 오를 수 있었다.

필요한 조건은 둘, 마교 입교와 힘이었다.

세상은 힘의 논리로 모든 것이 움직여 갔다.

도덕과 예의, 인간의 도리는 의미 없는 가치였다.

힘 있는 자, 세상을 누렸고, 힘없는 자, 세상에 굴복했다.

시간이 흐르면서 사람들은 그러한 세상의 논리에 자신들을 맞추어가야만 했다.

사람들은 혼탁한 세상에 탄식을 터뜨렸다.

세상에 정의가 다시 살아나기를 기원했다.

　그러나 그들의 외침은 헛된 메아리로 돌아왔고, 마도천하의 어두운 현실은 누구도 깨뜨릴 수 없는 철옹성이 되어 사람들의 삶을 압박해 갔다.

＊　　　＊　　　＊

　"크하하하하하."
　정추(鄭醜)가 앙천광소를 터뜨렸다.
　"꼴좋구나. 진즉 내 말을 따랐다면 목숨은 부지했을 것인데 어리석기는. 퉤."
　바닥에 누운 시체에 침을 뱉고 정추가 주위를 돌아보았다.
　거대한 덩치만큼 커다란 박도(朴刀)에선, 방금 죽인 이들에게서 묻은 피가 뚝뚝 떨어지고 있었다.
　"호호호."
　정추가 음소를 터뜨렸다.
　눈자위를 희번덕거리며 피 묻은 도를 들고 서 있는 정추의 모습은 피에 미친 광인에 진배없었다.
　주변에 널린 것은 베이거나 찔린 채 죽어 있는 시신들. 그리고 그 사이로 젊은 남녀 한 쌍이 오들오들 떨고 있었다.
　험한 인상의 장한 둘이 눈을 부라리며 주위에 으름장을 놓았다.
　그 포악한 흉성에 사람들은 그들의 시선을 외면하기 바

빴다.

벌건 대낮, 낙양 거리 한복판에서 벌어진 목불인견의 참변에 사람들은 정말로 세상이 바뀌었음을 피부로 느끼는 것이었다.

정주삼마(鄭州三魔).

그들은 정주를 중심으로 활동하던 희대의 악인이었다.

무공은 강하나 더러운 심성과 지나친 음욕으로 온갖 더러운 행태를 다 부리던 그들은 결국 무림공적으로 낙인 찍혀 천하무림인에게 쫓기는 신세가 되었다.

무림맹 추적대가 그들을 쫓았고, 현상금을 노린 많은 무인이 그들의 목을 취하고자 찾아다녔다.

세상 혼자 사는 듯 거침없이 악행을 저지르던 그들은 살기 위해 어쩔 수 없이 산으로 계곡으로 피해 다녀야 했다.

그러나 마도천하의 세상은 그들의 인생을 바꾸어놓았다.

무림맹이 와해되고 무림공적을 쫓던 정파의 추적대가 해체되자, 더 이상 그들을 쫓는 이들이 없어졌다.

그들을 옭죄던 굴레가 사라진 것이었다.

풀뿌리를 캐먹으며 유랑 걸식하던 그들은 마교가 천하의 주인이 되었다는 풍문을 접하게 되었다.

소식을 듣자마자 산을 내려온 그들이 가장 먼저 달려간 곳은 마교 지부였다.

입교 신청을 했고, 몇 가지 요식행위를 거치고 난 뒤, 그들은 마교 교도가 되었다.

그리고 교에서 내려준 검붉은 교의(教衣)를 입는 순간, 그들은 더 이상 세상 무서울 것이 없는 만적부당(萬敵不當)의 존재가 되었다.

교의는 마교의 상징이자 면죄부였다.

무엇을 하든, 어떤 패악을 저지르든, 마교의 교도라는 신분은 그들의 모든 잘못을 덮어버렸다.

그렇잖아도 패악질이 심한 그들이었는데, 바뀐 세상은 그들에게 날개를 달아주었다.

"살려주시오."

평범해 보이는 청년 하나가 정추의 발에 매달려 목숨을 구걸했다.

입고 있는 혼례복에 피와 먼지가 묻어 온통 더러워져 있었지만, 사내는 그런 것에 신경 쓸 겨를이 없었다.

청년이 장한에게 매달려 목숨을 구걸해야 하는 이유는 단 하나. 그의 신부가 정추의 눈에 띄었기 때문이었다.

혼례식장에 정주삼마가 들이닥쳤었다.

핏발 선 눈으로 신부를 탐하는 그들을 사람들이 막아섰고, 몇몇 사람의 도움 아래 신랑과 신부는 간신히 식장을 빠져나올 수 있었다.

대로로 나서자 많은 사람이 보였다.

신랑과 신부, 그리고 함께 나온 조력자들이 안도의 한숨을 내쉴 무렵, 자신들을 쫓아오는 악인들의 얼굴이 보였다.

두려웠지만 한낮의 대로였다.

그래도 설마 했는데, 악인들은 주저함이 없었다.

"어쩌나."

지나는 사람들이 그 모습을 보고 동정을 표했다.

하지만 돕겠다고 나서는 이는 없었다.

돕는다며 나섰을 때 그 결과가 어떠할 것인지는 불을 보듯 뻔했다.

안타까웠지만 외면해야 했다.

"어떡하겠느냐? 순순히 신부를 내놓겠느냐? 그럼 내 너의 목숨은 살려주지. 어떠냐? 이 어르신의 자비가? 은덕이 참으로 하늘에 닿고 있지 않느냐?"

정추가 부릅뜬 고리눈을 하고 사악한 미소를 지었다.

"그건……."

목숨은 중하다.

그러나 신부의 안위를 바로 내팽개칠 수 있을 만큼 청년과 신부의 정이 얕진 않았다.

아니, 자기 목숨을 버려 신부를 구할 수만 있다면 얼마든지 그러고 싶은 마음이었다.

그러나 속으로 피눈물을 흘리면서도 청년은 정추에게 덤벼들지 못했다.

지극히 평범한 청년이 천하의 마두를 상대로 할 수 있는 것은 아무것도 없었다.

청년은 손이 발이 되도록 빌고 또 빌었다.

흘러내린 눈물과 콧물이 말끔한 얼굴을 가득 덮었다.

하지만 정추의 도는 매정했다.

"병신."

"컥!"

자비를 구하던 청년의 입으로 선혈이 내비쳤다.

가슴을 뚫은 커다란 도가 뽑혀 나오며 피분수가 일었다.

'추 소저…….'

여인이 청년을 보듬어 안았다.

뜨거운 눈물을 흘리며 통곡을 했다.

'미안… 하오.'

삼 년을 짝사랑했다.

겨우 용기를 내어 고백도 했다.

싫다는 여인의 말에 며칠을 술로 지내기도 했었다.

다시 일 년을 하루같이 그녀만 생각했다.

마음을 얻기 위해 가진 모든 정성을 다 쏟아부었다.

마침내 승낙을 얻었고, 연인이 되었다.

그리고 그 길었던 지난날의 노력이 마지막 결실을 맺는 것이 이 날이었는데.

'추 소저…….'

억울함이 사무쳐 피눈물로 흘렀다.

찔린 가슴보다 원통한 마음이 더 아팠다.

음소를 흘리며 신부를 데려가는 마인들을 보며 청년의 붉어진 이마와 목에 시퍼런 핏줄이 섰다.

하지만 원독과 억울함이 맺힌 눈동자는 힘이 없었다.

아무리 뚫어져라 쳐다봐도 변하는 것은 없었다.

'소저……'

청년의 동공이 서서히 풀어졌다.

바닥을 적신 피가 온몸을 적셔왔다.

그리고 사라져 가는 기운. 죽은 청년의 눈에 피눈물이 맺혀 흘렀다.

*　　*　　*

세상은 도탄에 빠졌고, 사람들은 신음했다.

약자는 죄인이 되어 대가를 치렀다.

강호 곳곳에서 원성의 소리가 높아졌지만 넓은 천하 그 어디에도 그들을 구원해 줄 영웅은 없었다.

힘이 전부인 짐승들의 세상.

강호는 밝은 빛을 잃어버렸다.

*　　*　　*

"이름이 어찌되오?"

"장본(張本)이오."

"출신은?"

"낭인."

"낭인이라……."

문서를 작성하던 황개(黃介)가 슬쩍 고개를 들어 눈앞의 사내를 다시 보았다.

덥수룩한 머리에 짙은 수염으로 나이를 짐작하기는 어려웠지만, 낡은 흑의에 허름한 차림새를 통해 그의 사정이나 형편이 그리 썩 좋지 못하다는 것을 알 수 있었다.

간혹 그런 이들이 있기는 했다.

초라한 행색이나 알고 보니 강한 무공을 가진 고수인 경우.

'삼류.'

하지만 황개는 장본이라는 사내를 그렇게 판단했다.

숨겨도 고수의 비범함은 어딘가 한구석에서는 드러난다.

전체적인 분위기라든가, 풍기는 기운이라든가, 아니면 눈빛에서라도. 그러나 눈앞의 사내는 전혀 그런 것이 없었다.

"급수는 어디를 원하오?"

"황급이오."

'그렇지.'

황개는 자신의 판단이 맞았음에 괜히 기분이 좋았다.

이번 대전의 등급은 천(天), 지(地), 홍(洪), 황(黃)의 총 네 등급로 나누어져 있다.

　그중 가장 낮은 등급이 황급임을 생각해 보면, 사내에 대한 자신이 짐작이 들어맞은 것이었다.

　분명 실력 없는 삼류가 혹시나 하는 요행을 바라고 등록을 하는 것이 확실했다.

　"죽을 수도 있소."

　황개가 사내에게 의중을 다시 물었다.

　황급이 가장 낮은 등급이라 하지만, 그것이 삼류를 위한 자리를 의미하지는 않는다.

　마교대전은 강자의 축제다.

　어중이떠중이가 다 끼어들 수 있는 동네잔치가 아니었다.

　어지간한 무공으로는 감히 발을 내디딜 마음을 품어서는 안 된다.

　"지금이라도 생각을 다시 해보는 것이 어떻겠소?"

　황개가 은근한 포기를 권유했다.

　그러나 장본이란 사내는 침묵으로 자신의 답을 전했다.

　'꼴에 무게 잡기는.'

　황개는 앞에 선 지 모르게 입을 삐죽거렸다.

　황개는 앞으로 사내가 어떤 행보를 보일지가 눈에 선했다.

　생각 없이 등록했다가 조만간 마교대전의 참모습을 알게 될 것이다.

　자신과 같은 삼류 낭인이 끼어들 자리가 아니라는 것을 깨달을 것이고.

　'출전을 포기하겠지.'

　그것은 당연한 수순이었다.

　황개가 사내를 잠시 쳐다보았다.

　그러나 아무리 생각해도 지금 작성하고 있는 서류는 쓸모 없는 폐지가 될 것만 같은데, 상대는 마음을 바꿀 생각이 없는 모양이었다.

　뻔히 보이는 행보이나 등록하는 자를 억지로 말릴 수는 없는 일.

　"황급 대전은 앞으로 열흘 뒤요. 잊지 말고 오시오."

　문서를 작성하고 확인 수결을 받은 뒤 황개가 풍에게 접수증을 내밀었다.

　"황급 일백칠십 번이오. 대진 번호이니 잃어버리면 안 될 것이오."

　황개가 내미는 접수증을 받아 들고 장본이 고개를 끄덕였다.

　'새끼가 안 오기만 해봐라.'

　돌아서 나가는 사내의 뒤로 황개가 눈을 부라렸다.

＊　　＊　　＊

　마교가 낙양에 터를 잡은 지 벌써 삼 년.

교주 단리천은 강호에 마교대전을 선포하였다.

본디 오 년에 한 번씩 열리던 마교대전을 이번엔 천산이 아닌 이곳 낙양에서 개최하기로 한 것이었다.

마교엔 강자존의 율법이 있다.

오 년에 한 번씩 열리는 마교대전을 통해서 마교 교도는 그 누가되었건 신분 상승의 기회를 잡을 수 있었다.

제약도, 제한도 없는 마교대전은 가장 말단의 마졸이라도 능력만 된다면 얼마든지 최고의 자리에까지 오를 수 있는 기회의 장이었다.

마교대전을 선포하며 단리천이 전한 말에 이전과 달라진 것은 없었다.

다만 하나. 자격 조건에 변화를 준 것을 빼고는.

―무제한.

마교대전은 마교 최고의 행사였다.

최하 마졸부터 최고 교주까지 모두가 함께하는 일종의 축제였다.

그러나 이번은 달랐다.

단리천은 이번 마교대전을 준비하며 자격 조건에 제한을 없앴다.

그 말은 즉, 대전에 참가하기를 원하는 사람이 있다면 그가 꼭 마교 교도가 아니라도 상관없다는 말이었다.

―누구든 참가하라. 그리고 오르라. 힘이 있다면, 능력이 있다면, 그 누구든 최고의 부와 명예를 거머쥐게 될 것이다.

자신감의 발로였다.

천하는 마도의 시대였다.

지난 삼 년간 그 현실은 더욱 공고해졌고, 간간이 보이던 마교에 대한 반발도 거의 다 누그러져 보이지 않는 상태였다.

거부하고 대항할 자가 없었다.

마교의 율법이 곧 천하무림의 법이 되었고, 마교에서의 서열이 곧 천하무림의 서열이 되었다.

중원 곳곳에 산재해 있는 마교 지부에서 신청 접수를 받았다.

수준에 따라 네 등급으로 나누긴 했지만, 결국은 의미 없는 것이 될 터였다.

강자존.

오를 사람은 어디든 오를 수 있다.

누가 되었건 승리에 대한 기회는 열려 있었다.

천하를 들끓게 만든 마교대전의 선포.

잔잔히 가라앉아 있던 무림은 이제 곧 열리게 될 마교대전으로 인해 서서히 깨어나고 있었다.

　　　*　　　*　　　*

　마교대전 등록을 마친 장본은 왔던 길을 다시 걸어 숙소에 도착했다.

　낙양 변두리에 있는 작은 객잔.

　객잔이라는 말이 무색하게 몇 개 안 되는 방과 조그만 식당을 갖춘 아주 작은 규모의 건물이었다.

　"오시오?"

　객잔 안으로 들어서는 장본을 보며 주인이 인사를 건넸다.

　"식사는?"

　"먹었습니다."

　"왜?"

　주인이 눈을 크게 뜨고 장본을 보았다.

　"그냥 그렇게 되었습니다."

　"아껴 쓰게. 식사 또한 어차피 방 값에 다 포함되어 있는 것인데 왜 밖에서 먹고 다니누? 가능하면 들어와 안에서 먹게."

　왕숙(王叔)은 장본을 타박했다.

　장본은 딱 봐도 없게 생겼다. 입고 있는 옷도, 그리고 하고 다니는 행색도.

　만약 객잔 비용을 선금으로 걸지 않았다면 무전취식을 염려해야 할 만큼 장본의 모습은 궁상맞았다.

"이거 들고 가게. 아침에 새로 들여온 것인데 맛이 일품이야."

이 층 방으로 오르는 장본에게 왕숙이 찻주전자를 건네며 사람 좋은 웃음을 함께 건넸다.

"감사합니다."

"감사는 뭐. 다 요금에 포함된 거라니까."

왕숙은 장본을 챙겼다.

젊어 한때 낭인 생활을 하며 온갖 고생을 다 해본 경험이 있던 왕숙이었다.

그래서일까, 초라한 장본을 볼 때마다 예전 젊었을 적 자신의 모습이 떠올랐다.

꿈과 열정만으로 세상을 떠돌던 어린 시절. 힘들고 괴로울 때가 많았지만, 그래도 후회 없던 삶이었다.

뒤늦게 삶에 대해 진지하게 생각을 하게 되었고, 다행히 좋은 배필을 만나 이곳 낙양에 정착하고 살게 되었지만, 그래도 가끔 그때 생각을 할 때면 알게 모르게 아련한 기분에 젖어 술이라도 한잔씩 하곤 했다.

"저녁은 꼭 여기서 먹어. 괜히 생돈 쓰고 다니지 말고."

보아하니 떠돌이 낭인이었다.

그 생활이란 게 어떠할지 뻔히 눈에 보였다.

돈 없는 낭인은 정말 추하다.

그래서 자꾸 더 신경 쓰였다.

'뭘 먹이지?'

괜스레 저녁 반찬을 고민하는 왕숙이었다.

마교대전이 다가오자 구석진 이 작은 객잔도 손님으로 가득 찼나.

정신없이 들이닥치는 손님에 왕숙과 부인 강 씨는 행복한 비명을 지르고야 말았다.

밤이고 낮이고 바삐 뛰어다녔다.

평소엔 이것저것 할 거 다 해도 남아도는 게 시간이었는데, 새벽에 눈 떠 밤늦게 잠자리에 들 때까지 부부는 잠시 앉아 쉴 시간이 채 없었다.

"이것 좀 저쪽 탁자에 전해줘."

왕숙이 술 단지 두 개를 장본에게 쥐어주며 한쪽 탁자를 가리켰다.

탁자라고 해봐야 겨우 다섯 개.

작고 좁은 객잔 안은 십여 명의 주객으로 이미 포화상태였다.

그러나 쉴 새 없이 드나드는 사람들과 이어지는 주문을 왕숙이 혼자 처리하기엔 아무래도 손이 모자랐다.

'이거 점소이라도 하나 쓰든지 해야지.'

부부 둘이 운영해도 부족함이 없던 작은 객잔이라 따로 점소이를 두지 않았었다.

그런데 이렇게 손님으로 정신이 없으니 사람의 도움이 정말 절실했다.

"이것 좀 싸주고."

자리가 없으니 술과 안주만 사 들고 가는 사람도 많았다.

"이것도."

왕숙은 갓나온 안주를 내밀며 슬쩍 장본을 보았다.

바쁜 걸 알고는 부탁을 하지도 않았는데 손을 빌려주었다.

처음엔 거부했지만, 밀려드는 손님에 안 된다며 뿌리칠 수만은 없었다.

굳은 표정과 달리 깊은 속정을 가진 사내. 주인은 장본이 무척 고마웠다.

*　　*　　*

고맙다며 주인이 내준 술과 고기를 들고 장본은 자기 방으로 올라왔다.

좁은 방이었지만 혼자 지내기에 불편함은 없었다.

술과 고기를 한쪽에 놓고 장본은 벽 한쪽에 기대앉았다.

장본은 잠시 그렇게 앉아 있다 침상 옆에 놓아둔 목함을 가져왔다.

손으로 가만히 목함을 쓰다듬다가 장본이 뚜껑을 열었다.

그러자 천으로 친친 매어진 도 한 자루가 보였다.

─선물이네. 가져가게.

삼 년 전, 열하를 떠나 멀리 대초원을 향하는 풍에게 염가의 노인이 선물한 노였다.
천을 푸니 넓고 긴, 독특한 형태의 도가 그 모습을 드러냈다.
폭 반 자에 길이가 넉 자가 넘는 기형 대도.
도병을 쥐고 도를 뽑자 아무런 문양도, 장식도 없는 도갑(刀匣) 안에서 파리한 도신이 나타났다.
염가 천 년의 기술이 담긴 천하의 신도(神刀)였다.
삼 년을 대초원에서 떠돌 때 자신과 생사고락을 함께한 신도 단백(斷白).
주인의 손길을 느끼고 가볍게 도명(刀鳴)을 울리는 것이 과연 예사 물건은 아니었다.
'마교대전.'
삼 년 만에 중원에 돌아오니 천하는 마도 세상이 되어 있었다.
오는 길에 들은 애기로 구양수와 남궁태민이 죽었음을 알았다.
그리고 곳곳에서 목격된 마도천하의 폐해는 중원에서 그

가 무엇을 가장 먼저 해야 하는지를 확실히 알게 했다.

마교대전의 소식을 들었다.

어쩌면 하늘이 자신을 위해 부여한 기회일지도 모른다는 생각이 들었다.

장본이란 이름으로 등록을 마쳤다.

자신의 본명이나 낯선 이름.

풍이란 이름에 익숙해져 있었기에 장본이란 본명은 마치 가명처럼 느껴졌다.

아직 자신을 드러낼 수는 없었다.

시대의 변화를 다 파악하지 못한 이유도 있었지만, 단리천이 어떤 마음으로 자신을 대할지, 그 아래 수하들이 어떤 마음을 품을지를 풍은 확신할 수 없었기 때문이었다.

하지만 분명한 것은 있었다.

조용히, 그러나 확실히 위로 오르는 것. 그리고 마지막 최후의 결투에서 지난날의 패배를 씻고 모든 것을 되돌리는 것. 그것만큼은 변할 수 없었다.

풍은 도를 다시 도갑에 넣고, 술잔을 집었다.

마교대전까지 남은 날은 이틀.

사라진 인연을 다시 일깨울 때까지, 시한은 이틀이 남아 있었다.

*　　　*　　　*

멀리 무림맹, 아니, 마교의 총단이 보였다.

검은 바탕에 붉은 글씨로 적혀 있는 등마문(登魔門)이란 편액이 먼 곳에서도 눈에 확 띄었다.

예전 처음 이곳에 왔을 때가 생각났다.

운이 무림대회에 참가하기 위해 낙양 무림맹을 와야 했을 때, 풍도 동생과 함께 이곳에 왔었다.

웅장한 거루고각(巨樓高閣)과 길을 메운 많은 인파에 얼마나 놀라고 긴장했었던지.

풍은 문득 떠오른 옛 기억에 저도 모르게 미소를 지었다.

이렇듯 떠오르는 기억은 따스한데, 돌아온 현실은 싸늘하고 시리다.

─문외고검 오윤이 마교대전에 참가한다.

대전 하루 전, 강호를 놀래킬 엄청난 소문 하나가 급속도로 퍼져 나갔다.

중원 최후의 희망이자 보루인 문외고검 오윤이 마교대전에 참가한다는 소식이었다.

반신반의하는 사람들의 시선 사이로, 그가 낙양을 향하고 있다는 말이 속속 전해졌다.

말도 안 되는 뜬소문 같던 얘기가 사실로 드러난 것이었다.

─단리천의 목을 베고 마도천하를 끝내겠다.

낙양성 입구에서 자신을 둘러싼 인파를 보며 오윤이 외친 그 한마디는, 마세에 눌려 제대로 숨도 쉬지 못하고 있던 강호무림에 커다란 희망으로 다가왔다.
무당 비전 태극혜검의 전승자이자 정파무림의 마지막 기대이기도 한 그의 등장은 낙양 마교대전을 천하무림의 향배를 결정하는 최후의 격전장으로 변모시켰다.

─환영한다. 그리고 올라오라.

단리천은 대인이었다.
자신의 시대를 부정하는 마지막 적수가 오윤임에도 불구하고 단리천은 기꺼이 그를 위해 자리를 내주었다.
낙양은 흥분했다.
그리고 이전과 다른 열기로 가득 찼다.
오윤의 모습을 보기 위해 밀려든 인파로 낙양성은 북새통을 이루었고, 그것은 마도천하의 암담한 현실을 반증하는 것이기도 했다.

"백칠십 번."

자신의 번호를 부르는 소리에 풍이 앞으로 나가 섰다.

대진을 뽑기 위해 모인 자리. 각처에서 올라온 많은 무사로 연무장 앞 천막마다 사람들이 넘쳤다.

마교는 무사의 등급을 천, 지, 홍, 황의 넷으로 분류했다.

그와 함께 각 등급의 기준도 제시했으니, 천은 마교 사대마령급, 지는 십대마존급, 그 밑의 홍은 오백 마인급이었고, 마지막 황은 그 기준이 없었다.

등급은 네 단계였지만, 삼 년 전 무림맹 결사대 삼천이 오백 마인을 넘어서지 못했던 것을 생각하면 실제 일반 무사기 참가할 수 있는 등급의 한계는 분명한 것이었다.

천, 지, 홍 위의 세 등급은 내부 서열을 새로이 정하려는 마교 교도들이 이미 포진이 된 상태였고, 외부에서 새로이 참가하는 인사는 거의 없는 실정이었다.

그만큼 마교의 벽은 두꺼웠고, 강호에 고수는 적었다.

다만 마교가 중원을 차지한 뒤 마교에 새로 입교한 전대 거마들이 다수 대전에 참가하면서 마교인만의 잔치로 끝을 맺지는 않을 듯 보였다.

그러나 황급은 사정이 조금 달랐다.

아무래도 가장 낮은 등급이라는 이유도 있었지만, 강호 전역에 퍼져 있던 중원의 기존 마도인들이 대거 참가함으로써 꽤 많은 사람이 몰려든 탓에 그 어느 등급보다 경쟁이 치열했다.

　기존의 마교 교도보다 새로 가입했던 외부인이 더 많은 황급의 상황. 천막 안은 흉흉한 인상에 거친 말이 자연스러운 마도인들이 서로 인상을 쓰며 대진 상대를 확인하느라 분주했다.

第九章

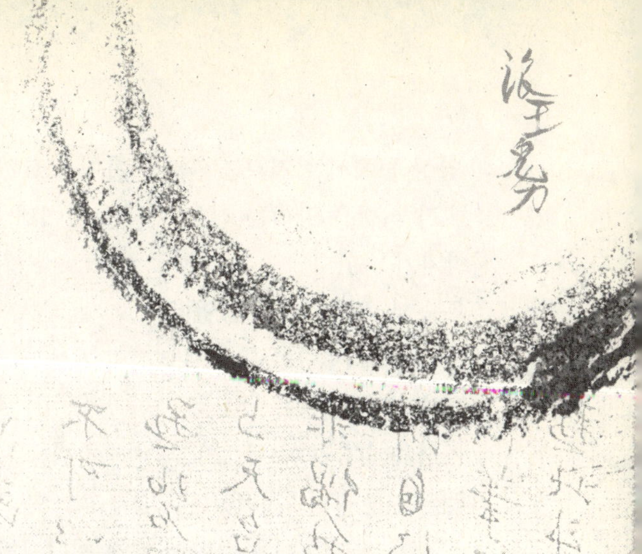

낙양 사람들은 무림대회에 익숙했다.

무림맹에서 무림대회를 여는 경우가 종종 있었고, 또 무림맹 외에 다른 문파나 세력들에서 작은 규모로나마 무림대회를 갖는 경우도 적지 않았기 때문이었다.

그러나 마교대전은 이전의 무림대회와는 달랐다.

─승자존(勝者尊). 무규칙.

예와 법을 따르던 이전 대회와 다르게 어떠한 제약도 없이 오로지 승리만이 최선인 마교대전은, 그 진행 방식이나 대전의 양상 등에서 이전과는 완연한 차이를 보였다.

대전 시작을 알리는 신호와 함께 벌어진 첫 결투에서부터 사망자가 나왔다.

목숨에 대한 배려는 없었다.

상대에 대한 배려도, 무사로서의 기본 예의도 없이 대결은 치열하고 격렬했다.

기절하거나 죽어 상대가 완전히 바닥에 누울 때까지 대전자들은 긴장을 풀 수 없었다.

심판의 판정은 어느 한쪽이 패배를 시인하지 않는 한 절대 내려지지 않았고, 이겼다 싶어 돌아서는 상대를 향해 비겁한 암습을 가하는 것은 흔한 장면이 되어버렸다.

인간의 존엄함이 사라진 이전투구(泥田鬪狗)의 추악한 결전은 호기심에 관람석에 앉은 낙양 사람들의 눈살만 찌푸리게 할 뿐이었다.

"어어어."

함성은 없었다.

가끔 들리는 소리는 예상 못한 잔인함에 새어 나오는 경악성과 비명뿐. 세 곳에 세워진 비무대 어디에서도 관객을 감동시킬 멋진 장면은 연출되지 않았다.

첫날 치러진 대결은 모두 백오십이 회. 그중 사상자만 아흔이었다.

* * *

"오늘이지?"

"네."

"내 들이보니 결투의 흉흉함이 장난이 아니라던데. 그저 몸조심만 하게."

대전 이틀째, 아침을 먹고 객잔을 나서는 풍에게 왕숙이 자신의 염려를 전했다.

"정말 가고 싶은데, 보다시피 객잔이 이래서 말이야."

이른 아침부터 객잔 안은 만원이었다.

기존 객잔 투숙객에 해장 겸 아침 식사를 하러온 사람들로 왕숙은 객잔을 떠날 수가 없었다.

"부디……."

살아오란 말은 꺼내지 못했다.

괜히 입 밖으로 꺼내면 왠지 부정을 탈 것 같았기 때문이었다.

왕숙의 마음을 안다는 듯 고개를 끄덕이곤 풍이 객잔을 나섰다.

비무상을 향하는 발걸음은 편안했다.

가볍지도, 무겁지도 않게 근처 산보를 가듯 풍은 편안한 설음으로 비무장을 향했다.

풍의 일도를 받을 수 있는 무인은 중원에 몇 없다.

풍과 제대로 대결을 펼칠 수 있는 자는 단리천이 거의 유일했다.

황급은 가장 최하의 등급이다.

풍의 상대가 있을 리 없었다.

설사 진신절기를 감추고 등장하는 고수가 있다 하더라도 어느 정도 선까지의 일. 단리천을 만나기 전까지 풍에 어울리는 상대는 없을 것이었다.

대전 참가를 결정한 후, 풍은 잠시 고민했다.

천급에 이름을 올려 단리천을 보는 시간을 줄일 것인지, 아니면 밑에서부터 차근차근 밟아 올라갈 것인지.

그 결정은 등록소에 앉아 있던 황개의 얼굴을 보기 전까지 계속되었다.

그러다 자신을 보는 황개의 표정에서 풍은 결론을 찾을 수 있었다.

천급에 등록해 몇 명을 쓰러뜨린 뒤 단리천을 만나면 여정은 간단했다.

하지만 그런 식으로 단리천을 이긴다면 저항에 부딪칠 것만 같았다.

사람들의 선입견은 무섭다.

풍이 단리천을 이긴다면 분명 그들은 놀랄 것이나 마음속 깊은 곳에서 우러나는 인정은 얻기가 힘들 것이었다.

우연, 재수.

인정하기 싫은 마음은 그런 단어들로 자신의 생각을 합리화할 것이고, 그것은 마교 전체와 처음부터 다시 새로 싸워야한다는 결론에 이른다.

—하급.

그 소리에 당연하다는 반응을 보이던 황개였다.
단리천은 천하최강자.
그와 싸우기 전, 풍은 자신의 입지를 다져놓을 필요를 느꼈다.
가장 낮은 곳에서 가장 높은 곳까지 하나하나 단계를 밟고오른다면, 누구도 자신의 힘을 의심하진 않을 터.
풍은 돌아가더라도 가장 확실한 길을 택하기로 마음먹었다.
"저녁엔 오랜만에 오리 한 마리 구워놓을 테니, 술이나 한잔하세."
등 뒤로 자신의 안녕을 기원하는 왕숙의 목소리가 들려왔다.
풍의 무사 귀환을 왕숙은 저런 방법으로 표현하는 것이리라.
'오리에 술이라.'
자신을 기다리고 있는 저녁을 생각하며 풍은 멀리 솟아 있는 마교 전각을 향해 발을 옮겼다.

하루가 시작되는 아침, 그러나 그 하루는 무척 짧을 것이었다.

＊　　＊　　＊

정추는 속으로 쾌재를 불렀다.

마교에 입교했으나 외부 유입자라는 애매한 위치에 불만이 많던 그는, 마침 시작되는 마교대전을 통해 자신의 지위를 공고히할 생각이었다.

정추가 생각하는 자신의 무위는 오백 마인급이었다.

스스로에 대한 과대평가가 있었지만, 얼추 비슷한 위치이긴 했다.

그러나 정추는 홍급에 지원하진 않았다.

어차피 대전에 참가하는 목적이 교내에서 애매한 자신의 위치를 정확히 하자는 것이었기에, 굳이 무리해가며 피 흘릴 생각은 없었다.

정추는 생각했다.

황급 정도면 우승은 못하더라도 별 피해 없이 대전을 마칠 수 있을 것이라고.

그리고 첫 대전 상대를 보는 순간, 자신의 판단이 참으로 옳았음을 느꼈다.

가뜩이나 비루한 차림에 수염까지 길어 참으로 없어 보이
는 흑의 사내가 자신의 상대였다.

기형의 도가 인상적이었지만, 본래 가진 것 없는 놈들이 병
기가 독특한 법.

특별한 기세도 느껴지지 않는 상대를 보며 정추는 자신의
편안한 일 승을 장담했다.

'얼른 끝내고 몸이나 풀러 가야겠다.'

정추는 자신의 똑똑한 판단에 흡족해하며, 잠시 후 있을 뜨
거운 열락을 상상했다.

"시작!"

있으나마나 한 심판관의 시작 소리가 울렸다.

그리고 그 소리에 맞춰 정추는 거대한 박도를 휘두르며 분
위기를 잡아갔다.

"어찌 죽여주랴? 목을 쳐서? 아니면 심장을 갈라서? 말해
봐라. 내 그대로 해주마. 크크크."

누런 이를 드러내고 살심을 드러내는 정추의 모습은 커다
란 덩치와 어울려 위압감을 풍겼다.

그러나 그것은 이디까지나 평범한 이에나 해당될 일이었
다.

들은 척 만 척 서 있던 흑의 사내가 손을 들어 도병에 갖다
댔다.

박도를 꼬나 쥐고 살기를 흘리던 정추가 짐승 같은 고함을

지르고 박도를 휘둘렀다.

'어?'

그러나 손맛이 없었다.

살을 베고 뼈를 가를 때 느껴지던 그 특유의 손맛이 정추에게 전해지지 않았다.

그리고 눈앞에 하얀 섬광이 번뜩였다.

'뭐지?'

정추는 자신의 몸 가운데로 이상한 기운을 느꼈다.

마치 더운 온천수를 정수리에 붓고 있는 듯, 머리로부터 내려오는 따뜻한 기운.

"우와!"

그 기운이 미간을 지나고 인중을 거쳐 목 아래로 내려갈 때, 마교대전 처음으로 관객의 탄성이 터져 나왔다.

영문 모르는 정추가 무슨 일이지 알아보려 고개를 돌렸다.

순간, 두 눈의 초점이 순간적으로 아래위로 틀어지더니 머리에 현기증이 일었다.

그리고 찾아온 암흑.

"장본 승!"

심판이 우렁찬 목소리로 풍의 승리를 외쳤다.

비무장을 빠져나가는 풍의 뒤로 관객들의 관심 어린 시선이 뒤따랐다.

번쩍이는 빛은 보았지만, 사내의 도신을 본 사람은 아무도 없었다.

실로 말로만 듣던 극상의 쾌도. 간결하면서도 화끈한 사내의 도법은 수많은 관객의 시선을 사로잡았다.

마도인에 대한 반감 때문에 흑의 사내에게 박수나 환호를 보내는 사람은 얼마 없었지만, 그의 쾌도는 사람들을 매료시키기에 충분했다.

"이름이 뭐래?"

"어디 출신이야?"

사람들은 웅성거리며 흑의 사내의 뒤를 눈으로 좇았다.

대전 이틀째. 치러진 대결은 모두 백육십이 회. 사망자는 총 서른 셋.

그 안엔 머리부터 낭심까지 정확히 반으로 나누어진 정추의 시신 또한 포함되어 있었다.

*　　　*　　　*

볼 수 있던 거라곤 인간의 흉성과 잔악함밖에 없던 마교대전에 신선한 바람이 불었다.

쾌도 장본.

사람들은 그의 등장에 환호했고, 그의 도에 열광했다.

헝클어진 머리에 덥수룩한 수염을 한 이 흑의 사내는 총 일곱 번의 대결을 단 일 초 도식으로 모든 승부를 마무리 지었다.

누구도 막지 못했다.

두 자루 낫으로 남해에서 악명을 떨치던 혈겸(血鎌) 두창(斗鎗)도, 세 살배기 어린아이조차 그가 지나가면 울음을 그친다던 산동의 살마 동무자(東武子)도 장본의 일도를 막아내진 못했다.

비무대 위에 올라 도를 뽑고, 일 초를 시전한 뒤 다시 비무대를 내려가기까지 장본의 행보는 언제나 똑같았다.

시원통쾌.

관객들은 그의 도에 시원함을 느꼈다.

양단되어 쓰러지는 거마들을 보며 통쾌함을 느꼈다.

비무대 위에 오르는 자들은 대부분이 악명 높은 마인. 그들의 원수가 관람석에 있었고, 그들을 증오하는 자들이 장본을 응원했다.

장본의 도에 자비는 없었다.

일도양단의 절대 살초는 일곱 번의 대결 동안 예외가 없었다.

그러나 관객 누구도 그를 잔인하다 욕하지 않았다.

간결하고 빠르게 모든 상황을 마무리 지어버리는 그의 시원시원한 도초에 사람들은 오히려 속이 후련함을 느끼며 열광하는 것이었다.

그리고 마침내 다가온 황급 승자 결정전.

사람들은 또 한 번 장본의 도가 상대를 화끈하게 갈라주기를 기대했다.

"그럼 지금부터 황금 승자 결정전을 시작하겠소. 결전에 나설 무사는 낭인 출신 장본과 마교 마라전(魔羅殿) 소속의 초견(焦絹)이오."

"와아아아아아."

관객의 함성이 하늘을 진동했다.

박수가 터졌고, 응원 소리가 요란했다.

그리고 함성의 대부분은 장본을 향하는 것이었다.

그것은 장본의 도가 주는 매력 때문이기도 했지만, 그 이면엔 보다 더 깊은 의미가 담겨 있었다.

삼 년 전, 마교가 낙양에 들어 마도천하를 선포한 뒤, 마교는 넘을 수 없는 굳건한 벽으로 자리 잡았다.

세상의 숱한 갈등과 탄식이 그날로부터 생겨났고, 무수히 많은 사람이 잘못된 세상 구조로 고통을 받았다.

마교 교도.

그 말이 주는 의미는 단순한 글자의 뜻 그 이상이었다.

누구도 넘볼 수 없고, 누구도 저항할 수 없었던 무소불위의 힘, 마교.

그런데 드디어 그 앞에 한 명의 중원인이 당당히 마주 선 것이다.

실로 기대하고 기대하던 순간이었다.

"시작!"

삼판의 호령이 떨어지자 초견은 검을 빼 들고 상대와의 거리를 살폈다.

눈이 있으니 봤다.

상대가 어떤 자인지, 얼마나 강한 자인지.

똑똑히 보았고, 잘 알고 있었다.

그래서 초견은 조심스러웠다.

한순간 작은 틈에 죽을 수 있었다.

조그만 실수에도 죽을 수 있었다.

조심 또 조심. 성급한 공격은 죽음으로 이어진다.

'조심 또 조심.'

초견은 긴장이 가득한 눈으로 상대를 보았다.

그에 비해 장본은 평소와 같았다.

가만히 서서 상대를 보고 있을 뿐, 특별한 자세나 행동은 취하지 않았다.

그리고 이제까지 그래왔던 것처럼 천천히 손을 들어 도병에 얹었다.

부드럽게 손가락을 말아 도병을 감싸 쥐더니 서서히 도를 뽑아 들었다.

초견은 마른 침을 삼켰다.

아직 적당한 거리를 유지하고는 있지만 상황이 언제 어떻게 바뀔지 모를 일이었다.

한순간도 상대에서 눈을 떼지 않았고, 혹시라도 있을지 모
를 자신의 빈틈을 고민하며 앞으로의 전략을 머릿속으로 구
상했다.

번쩍.

순간적으로 빛이 발했다.

섬전처럼 극히 짧은 순간 하얀 백광이 피어올랐고, 그 빛은
나타날 때처럼 순식간에 사라졌다.

초견도, 관객도 말이 없었다.

누구도 그 상황이 어떤 것인지 이해하지 못했고, 둘의 대결
은 여전히 진행 중이었다.

사람들은 숨을 죽이고 둘의 대결을 지켜보았다.

둘의 거리는 적어도 사오 장은 되는 거리. 언제고 저 거리
가 좁혀지면 비로소 둘의 결투가 시작될 터였다.

"뭐지?"

그러다 갑작스레 일어난 돌발 상황에 사람들이 놀라 웅성
댔다.

대치하고 있던 장본이 도병에서 손을 떼더니 비무대를 내
려가기 시작한 탓이었다.

"뭐야?"

"기권인가?"

"싸워보기도 전에?"

조용하던 관람석에 작은 소요가 일었고, 그것이 이내 거센 물결처럼 전 관람석으로 번져갔다.

"혹시 뒤로 협박이 있었던 거 아냐?"

"아니면 더러운 야합질이 있었던지."

"우우우우우."

"우우우."

높아지는 야유과 그 속에 섞인 의문 속에 심판은 판단을 내리지 못하고 어정쩡히 단 아래 서 있었다.

[뭐해? 판결 안 내려?]

추궁하는 상관의 전음이 들려왔다.

[판결을 어찌……?]

[기권했잖아!]

[아? 예.]

상관의 질책에 얼굴이 붉어진 심판관이 비무대 위로 다시 올랐다.

그리고 추견의 승리를 선포하려 입을 여는 순간.

철퍼덕.

비무대 바닥을 울리는 진동과 함께 귀에 거슬리는 불편한 소리가 들려왔다.

사방이 고요했다.

웅성거리던 관객도, 욕하던 상관의 전음도 그 어느 것도 들려오지 않았다.

갑자기 생긴 이상한 적막.

"와아아아아아!"

그리고 그 적막을 깨뜨리는 엄청난 관중의 함성 소리가 터져 나왔고, 심판관은 두 동강이 난 채 바닥에 쓰러진 추견의 시체를 볼 수 있었다.

시간만이 아니라 공간마저 무시하는 절정의 쾌도.

황급 대전의 승자 장본의 도는 사람들의 예상을 훨씬 뛰어넘는 절대고수의 도법이었다.

'놓쳤다.'

검마(劍魔) 신도해(申道海)는 등을 흐르는 소름에 몸을 떨었다.

절대 예상 못한 일이 벌어졌다.

자신의 눈과 기감으로도 파악 못한 장본의 도식에 검마 신도해는 이마의 주름을 한껏 찌푸리며 텅 빈 비무대를 바라보고 있었다.

교주 단리천을 대신해 마교대전을 주관하고 있던 그는 매일 비무장으로 나와 무인들의 대결을 지켜보았다.

장본이란 사내에 관심은 있었다.

황급의 일반적인 수준을 넘어서는 장본의 쾌도는 십대마존의 일인이자 마교 서열 구위의 고수를 지루하지 않게 만들었다.

그가 보는 장본의 도는 지급의 하(下)나, 홍급의 상(上)이었다.

별다른 변수가 없다면 홍급의 승자 또한 그가 될 것이라 생각했다.

그러나 지금은 아니었다.

방금 전 장본이 보여준 일도식의 도법은 실로 예사롭지 않았다.

오 장의 공간을 넘어 상대를 가를 수 있는 도식은 그가 알기로도 평범할 수 없는 상승의 공부였다.

물론 어지간한 고수에게 오 장의 공간은 별것 아니었다.

오 장이 아니라 십 장이 떨어져 있다 해도 상대를 격살할 수 있는 것이 고수란 자들이었다.

그러나 문제는 거리가 아닌 그 수법에 있었으니, 무인이 공간을 넘어 상대를 가격하려면 반드시 필요한 것이 기(氣)나 강(罡)과 같은 내기의 결정이었다.

그리고 그러한 강기공은 어떤 식으로든 흔적을 남긴다.

백보 떨어진 상대를 타격할 수 있다는 소림의 백보신권도 안 보이고 안 들리게 상대를 가격할 수는 있지만, 미세한 기

머리를 떠도는 것이 지난 며칠의 기억이었고, 심장을 두근거리게 하는 것이 혹시나 자기가 했을지도 모르는 실수였다.

'아!'

갑자기 왕숙의 머리로 엄청난 실수가 떠올랐다.

무려 손님에게 객잔 일을 시킨 것.

비록 그가 원해서 한 일이라고는 하지만.

'아이, 씨.'

그래서는 안 되었다.

왕숙은 그 말을 거부하지 못한 자신이 원망스러웠다.

"편하게 대하십시오. 저는 예나 지금이나 같은 사람입니다."

풍이 웃으면서 왕숙에게 잔을 권했다.

"정말이세… 인가?"

무슨 말인지도 모를 말이 마구잡이로 튀어나왔다.

"네."

풍이 강한 어조로 확신을 주고 왕숙에게 한 번 웃어주었다.

때로는 백 마디 말보다 하나의 행동이 더 큰 진실로 다가가는 법.

"편하게 대하십시오. 저는 똑같은 사람입니다."

평범한 사람에게까지 무공을 내세울 만큼 풍은 속이 좁은 소인배는 아니었다.

"그럼. 아무렴 그렇지."

왕손이 대소를 터뜨리며 풍에게 잔을 권했다.

"자, 한잔 받게. 그리고 축하하네."

"고맙습니다."

십오 년이 넘었다는 여아홍은 그 명성에 걸맞게 아주 훌륭한 맛을 담고 있었다.

맑은 가운데 언뜻언뜻 어리는 연한 분홍빛은 술의 흥취를 더해주는 효과가 있었다.

잔이 오가고 정이 오갔다.

불과 며칠의 인연이었지만 속 깊은 두 사람은 짧지만 긴 정을 쌓아두었다.

풍을 알아보는 사람들로 인해 좁은 방 가운데 펼쳐진 술상이었지만, 세상 그 어느 곳보다 아늑하고 풍족한 공간이었다.

"드십시오."

"자네도 많이 들게."

술을 주고 안주를 받으며 둘은 술을 마셨다.

붉어진 얼굴이 촛불의 빛을 받아 더욱 붉어 보였지만, 누구도 술을 피하지는 않았다.

깊은 밤, 낙양에 새로운 바람은 어느 작은 객잔에서부터 불기 시작했다.

*　　*　　*

이틀 후, 홍급 대전이 시작되었다.

황급과는 차원이 다른 고수들이 출전 준비를 마친 상태였다.

연무장 주변의 관람석은 이른 아침에 이미 그 자리가 다 찼다.

오백 마인급 고수.

그 말은 곧 절정을 넘어선 고수를 의미한다.

천하 어느 곳을 가더라도 상대를 구하기가 쉽지 않은, 실로 진정한 고수의 단계이다.

사람들은 과연 장본이 그 강자들 안에서 얼마나 선전할지에 관심을 모으고 있었다.

대전이 시작되었다.

차례를 기다리던 검붉은 복장을 한 마교 교도들이 속속 비무대 위로 올라왔다.

홍급의 승자를 다투는 대전에 참여한 이는 대부분 마교 교도였다.

문호를 개방했다고는 하나, 천하에 그 경지에 오른 무인의 수는 한계가 있다.

더구나 정파 삼천 정예 대부분이 죽고 없어진 작금의 상황에서 마교 교도들 외 다른 고수를 찾기란 거의 불가능한 일이었다.

일부 전대 거마들이 비무대 위로 올라오긴 했다.

그러나 그들 중 살아 비무대를 내려간 이는 고작 해야 두서
넛.

홍급 대전은 철저히 마교 교도들을 위한, 그들만의 행사였
다.

"와아아아아!"

의미 없는 광경을 지켜보던 관객들이 입성을 질렀다.

풍이 비무대 위로 올라선 것이다.

변함없이 평온한 그의 자세는 혹시나 하며 의구심을 갖던
사람들에게 역시나 하는 강한 믿음을 전해주었다.

맞은편으로 마인 한 명이 올라왔다.

비무대를 오르는 이는 마교 오백 마인 중 한 명인 설경(薛
瓊)이라는 자였다.

설경은 한눈에 봐도 범상치 않은 기세를 풍기며 풍을 노려
보았다.

풍에 대한 소문은 이미 온 낙양에 쫙 퍼져 있었다.

특히 황급 최종전에서 보여준 놀라운 무위는 마교 교도들
사이에서도 화제가 되었었다.

결코 방심할 수 없는 자.

설경은 검게 물든 두 주먹을 꽉 말아 쥐고 심판관의 신호를
기다렸다.

설경은 권각술에 능한 자였다.

권각술이 제대로 효과를 보려면 상대를 파고들어 근접전

을 치러야 했다.

상대는 오 장 거리의 상대를 벨 수 있는 고수였다.

더구나 그 수법의 오묘함이 참으로 뛰어난 자였다.

'파고들면 살고, 떨어지면 죽는다.'

충분히 긴장했고, 충분히 몸도 풀었다.

상개가 고수이나, 자신 또한 수년을 절차탁마하며 이날만을 기다려 왔다.

'기필코.'

설경이 이를 악물었다.

승리하여 보다 높은 곳을 오를 터였다.

힘은 들겠지만 자신은 있었다.

상대가 만만하진 않았지만, 한 번만 도를 흘려보낸다면 내기가 실린 주먹을 상대의 면상에 제대로 질러 넣을 자신이 있었다.

심판관이 풍과 설경을 한 번씩 돌아보더니 손을 들어 대결의 시작을 알렸다.

설경은 심판의 구령이 떨어지자마자 비전 보법을 밟으며 풍의 빈틈을 노렸다.

시선은 풍의 도를 놓치지 않았다.

도가 언제 뽑혀 자신에게로 날아올지 모르게 때문이었다.

풍은 고요했다.

선 채로 굳어버린 사람처럼 처음 자세 그대로 같은 자리를 유지했다.

설경의 보법은 빠르고 기민했다.

그리고 부지런한 그의 움직임은 마침내 상대의 미세한 빈틈을 찾아내는 데 성공했다.

"하압!"

설경이 강한 기합 소리를 지르고 순식간에 풍의 품 안으로 파고들었다.

동시에 오른손을 짧고 간결하게 앞으로 내질렀다.

그러자 검게 물든 오른손에서 강한 기파가 터지며 도 뒤에 가려져 있는 상대의 왼쪽 가슴을 헤집고 들어갔다.

"어어어."

"안 돼!"

관객에서 놀란 탄식이 터졌다.

시커먼 설경의 우수가 풍의 몸을 꿰뚫는 것이 보였기 때문이었다.

'헉!'

그러나 느낌이 없었다.

더불어 눈앞에 보이던 풍의 모습이 안개처럼 흩어졌다.

절정에 다다른 보법. 설경의 오른손이 가격한 것은 풍의 잔영이었다.

잔영을 남기고 설경의 옆에선 풍이 슬쩍 도병을 잡았다 손을 놓았다.

　그리고 그 순간, 사람들은 알 수 있었다. 이 대결의 승자가 누구인지. 그리고 그 결과가 어떠할지를.

　본 것은 도병을 잡다 놓는 풍의 손동작뿐이었지만, 그것으로도 사태를 파악하는 데는 아무런 문제가 없었다.

　사람들의 예상은 틀리지 않았다.

　꼿꼿이 서 있는 풍과 달리 설경은 숙였던 몸을 다시 펴지 못했다.

　이어 설경의 허리춤에서 피가 배어나오더니, 이내 분수처럼 뿜어져 나왔다.

　실로 보고도 못 믿을 쾌도식이었다.

　설경은 허리가 양단된 채 바닥에 쓰러졌다.

　장본이란 무사의 강함만 증명하고, 넋 잃은 고혼이 되었다.

　"승자, 장본!"

　심판관의 외침과 군중의 함성이 동시에 터져 나왔다.

　쾌도 장본.

　거침없이 질주하는 그의 행보는 여전히 진행 중이었다.

＊　　　＊　　　＊

　일초.

　상대가 누구든 풍은 언제나 단 일 초로 끝을 맺었다.

　한 명씩 상대를 꺾고 위로 올라갈수록 점점 더 강한 자들을 만났지만.

"승자, 장본."

심판관의 외침은 늘 풍을 가리켰다.

마교 오백 마인 그 누구도 풍의 전진을 막지 못했다.

쾌도의 섬광은 이 초가 없었고, 풍은 무난히 홍급 최종 승리자가 되었다.

*　　*　　*

도전과 응전의 방식.

지급(地級)의 대전은 홍급까지의 대전과는 그 진행 방식이 완전히 달랐다.

어찌 보면 진정한 강자존의 율법이 시작된다고 볼 수 있었다.

대전은 하위 교도가 십대마존 중 일인을 지목하면 지목당한 사람이 그의 도전에 응하는 방식으로 진행되었다.

승자는 십대마존의 자리를 차지하고, 패자는 그 지위를 잃었다.

무공의 경지가 급격히 오르다 보니, 참가하는 인원은 몇 되지 않았다.

풍을 비롯한 단 서른 명만이 상대를 지목해 대결을 펼쳤다.

지목하는 이는 많고, 지목당하는 이는 한 명이다 보니 지목했던 이들 간에 따로 예선전을 치러야 했다.

　서른 명이라 사람이 많진 않았지만, 십대마존 중 비어 있는 세 자리를 향한 교도들 간의 대결은 꽤나 치열한 예선을 거쳐야 했다.

　호불호를 떠나 대결을 지켜보던 관람석의 관객들은 눈앞에서 펼쳐지는 고수들의 무위에 숨을 죽이고 찬탄과 환호를 보냈다.

　눈살을 찌푸리게 하던 저급한 비열함이 사라진 상승고수들의 대결은 실로 감탄을 금할 수 없게 만드는 것이었다.

　예선전이 끝나고, 승자가 나왔다.

　새로운 십대마존이 탄생한 것이었다.

　그러나 나머지 육대마존의 자리에 도전한 도전자들은 모두 고배를 마셨다.

　분명 강한 자들이었지만, 기존의 십대마존은 그 뛰어난 경지를 넘어선 자들이었다.

　그들의 벽은 그렇게 높고 두꺼웠다.

　하지만 풍은 또 달랐다.

　일 초.

　장본이란 무인의 상징처럼 되어버린 일 초 쾌도는 십대마존을 상대함에 있어서도 그 위용은 여전했다.

　풍은 상대로 비마(飛魔)를 선택했다.

그 빠르기가 하늘의 유성을 닮았다하여 유성보(流星步)라 이름 붙여진 비마의 독문 절기는 마교 전체를 통틀어서도 세 손가락 안에 들 수 있는 절기 중의 절기였다.

사람이 서 있으나 하체는 보이지 않을 정도로 절륜한 경신법이 비마의 보법이었다.

그러나 그 절세의 경신법도 풍의 일도를 피하진 못했다.

마치 보란듯이 다리를 잘라가는 풍의 도에 비마는 평생을 자랑하던 유성보를 다시는 펼칠 수 없는 신세가 되어버린 것이다.

비무대에 두 다리를 남기고 비마는 실려 나갔다.

第十章

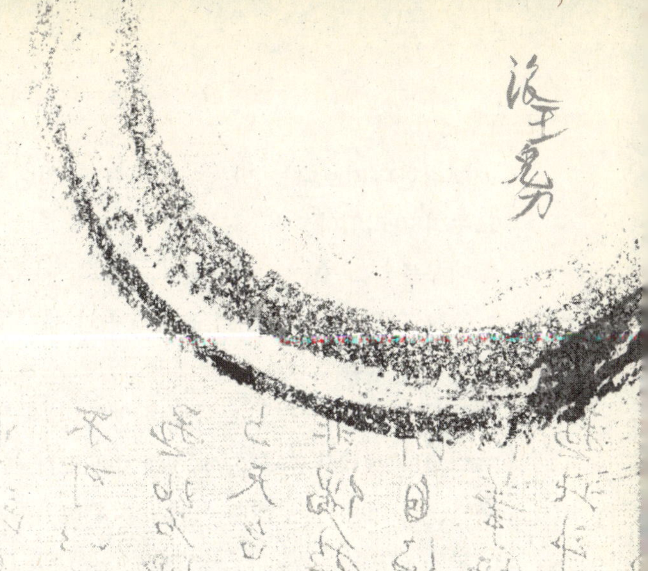

　　마교 교도 누구든지 원하는 자리의 사람과 대결을 펼칠 수 있는 권리가 있었지만, 단 하나 교주만은 예외였다.

　　교주의 자리에 도전하는 자는 반드시 그 전에 사대마령의 벽을 넘어서야만 교주와 대결할 수 있는 자격을 부여받을 수 있었다.

　　그러나 마교 역사상 실제로 교주의 자리에 도전장을 내민 이는 채 열이 되지 않았다.

　　서열상 교주의 바로 밑이 사대마령이라 하지만, 현실적으로 둘 사이에는 넘을 수 없는 벽이 존재했기 때문이었다.

　　교주는 대대로 선택받은 자의 자리였다.

쟁취한다기보다는 만들어진다는 표현이 더 어울리는 게 교주의 자리였다.

대부분의 교주는 전대 교주의 제자들 가운데서 나왔다.

그도 그럴 것이 일반 교도와 교주의 제자들은 성장과정 자체가 남달랐다.

특별한 교육을 받았고, 특별한 영약이 지급됐다.

엄격한 관리와 훈육 속에 성장기를 보냈고, 성인이 된 이후부터는 무서운 경쟁 체계 속에서 하루하루를 살아야 했다.

보통 한 명의 교주가 두는 제자 수는 열. 많은 경우는 서른이 넘는 경우도 있었다.

그렇게 많은 경쟁자 속에서 최후까지 살아남아 마지막 서 있는 자가 결국 교주의 자리에 오르는 것이었다.

그것은 그리 만만한 일이 아니었다.

물론 제자를 향한 다른 교도의 도전이 있을 수도 있었다.

성년이 되면 제자라고 하여 강자존의 율법에서 자유로울 수 없었다.

하지만 그런 경우는 거의 없었다.

제자들이 성년이 될 때쯤이면, 사대마령 둘을 합한 정도의 무공 수위를 갖고 있는 것이 일반적이었다.

도전은 할 수 있었다.

그러나 벌어지기 힘든 일이었다.

사대마령은 마교 교주의 호법이자 마교 최후의 힘이라 할 수 있었다.

개개인의 무공 수위는 교주와 제자를 제외하면 마교 제일. 마교대전으로 사대마령이 바뀌는 경우보다 사대마령이 죽은 후 그 빈자리를 새로운 마인들이 채운 경우가 더 많았을 정도로, 그들은 마교 내에서도 차원이 다른 강자였다.

천급 대전은 바로 그런 사대마령에 도전하는 대결이었다.

그러나 지금, 무려 다섯 명의 무인이 그 사대마령의 자리를 노리며 출전을 준비하고 있었다.

십대마존 중 권마(拳魔), 환마(幻魔), 전마(戰魔). 그리고 오윤과 풍이 그 주인공들이었다.

권마와 환마는 삼마령의 자리를 노리고 있었고, 전마는 일마령의 자리를 노리고 있었다.

그리고 풍과 오윤은 각각 이마령과 사마령의 자리에 도전을 했다.

전마, 풍, 오윤은 각각의 상대와 바로 대결을 벌이면 됐지만, 권마와 환마는 도전자의 자격을 얻기 위해 먼저 서로 대결을 벌여야 했다.

그리고 그것은 둘에게 매우 불리한 상황으로 작용했다.

멀쩡한 몸 상태로 사령과 대결을 펼쳐도 이길까 말까 하다.

그런데 같은 십대마존끼리 대결을 펼친 후 다시 삼마령과 대결을 펼쳐야 한다.

거의 승산은 없다고 보아도 무방할 것이었다.

권마와 환마는 고민에 빠졌다.

둘의 무위는 거의 차이가 없다.

환마보다 권마가 약간의 차이로 앞서 있다는 것이 마교 내부의 평이었지만, 결과는 붙어봐야 아는 법.

그런 미세한 차이의 둘이 대결을 벌이게 된다면, 이겨도 그 피해가 클 것이었다.

뒤를 생각 않고 싸우든가, 한 명이 포기하고 물러나 주든가. 둘은 선택의 기로에 서 있었다.

"권마, 승."

결국 환마가 포기했다.

둘 사이에 어떤 협상이 있었는지 모르지만, 환마는 권마를 위해 기꺼이 출전을 포기했다.

이제 도전자가 모두 정해진 상태. 사대마령의 지위를 두고 모두 여덟 명의 무인이 사투를 벌이게 되었다.

＊　　　＊　　　＊

피가 튀고 살이 튀었다.

"컥!"

거친 비명 소리와 함께 한 명의 사내가 무릎을 꿇었다.

그리고 몸이 피에 젖은 섬뜩한 안광의 중년 사내가 무릎 꿇은 사내를 내려다보고 있었다.

"전마, 승!"

전마가 승리를 거두었다.

교도 중 가장 강한 자라 여겨지던 일마령이 패배를 했다.

첫 대결부터 이변이 일어난 것이다.

이제 남은 자리는 셋.

비무장의 열기는 더욱 고조되었다.

두 번째 대결은 이마령과 풍의 대결이었다.

둘이 비무대 위로 등장하자 상반된 두 종류의 함성이 비무장을 가득 메웠다.

풍을 응원하는 일반 관객과 이마령을 응원하는 마교 교도들의 함성이 비무대 주변을 뜨겁게 달구었다.

풍은 마주 서 있는 상대의 눈을 바라보았다.

강하고 단단한 눈이었다.

의지와 신념이 가득한 눈. 저런 자들은 절대 약할 수가 없다.

비록 적이나 훌륭한 기도의 마인이었다.

대결이 시작되었고, 이마령이 먼저 공세를 취했다.

그가 사용하는 무기는 검.

검은 날에 비늘 같은 문양이 새겨져 있는 묵린검이었다.

우르르르릉.

묵린검이 용틀임을 할 때마다 천둥소리가 났다.

내기가 주입된 검면의 비늘이 대기를 휘저으면서 내는 소리였다.

상대에겐 위압감을, 본인에겐 자신감을 불어넣는 천둥소리는 안에 담긴 경력이 얼마나 클지를 상상케 하며 묵직한 기세로 풍에게 전해졌다.

풍은 도병에 손을 얹은 채 그대로 서 있었다.

옷자락이 전해지는 경력에 나부꼈고, 얼굴과 가슴으로 강한 압박이 가해졌다.

그러나 풍은 요지부동. 흔들림이 없었다.

다가서는 경력 너머로 상대가 보였다.

그리고 풍의 눈은 상대의 빈틈을 찾아냈다.

남은 것은 한 번의 칼질.

지금껏 그래왔듯이 그는 단 한 수로 승부를 마무리하려는 것이었다.

순간 풍에게 전해오던 경력 뒤로 다시 새로운 힘이 중첩되었다.

그러면서 풍의 눈에 보이던 빈틈이 이어진 경력에 묻혀 모습을 감추었다.

풍의 눈에 이채가 일었고.

'그래도 고수란 말이지?'

풍의 입가에 표정의 변화가 생겼다.

＊　　　＊　　　＊

오윤은 풍을 뚫어져라 쳐다보고 있었다.

그의 모습은 자꾸만 한 사람을 떠올리게 하고 있었다.

풍.

삼 년 전, 사부가 데려간 뒤 소식이 끊어진 의형.

조금 전 처음 봤을 때는 이렇지 않았다.

체형이 비슷하긴 했지만 풍기는 기세도 외모도 확연히 달 랐다.

공통점이 있다면 둘 다 도를 쓴다는 것.

하지만 풍은 반도를 쓰지 저렇게 긴 장도를 쓰지는 않았다.

그런데 지금 보니 또 달랐다.

딱 꼬집을 수는 없지만, 가슴에 전해지는 울림이 있었다.

'형님.'

오윤은 의심했다.

장본이 풍일지도 모른다고.

그리고 상대의 검을 보다 한순간 떠올리는 장본의 비린 웃 음은 의심하던 오윤에게 확신을 심어주었다.

'형님!'

그가 돌아왔다.

삼 년을 소식이 끊어졌던 풍이 돌아온 것이었다.

＊　　＊　　＊

모두 다섯 번 경력이 중첩되면서 묵린검은 용음을 터뜨리기 시작했다.

천둥벼락을 뚫고 하늘로 승천하는 한 마리 묵룡처럼, 묵린검은 상대를 집어삼킬 듯 거친 이빨을 드러냈다.

그에 맞추어 잠자코 서 있던 풍의 신형에 변화가 생겼다.

보이지 않는 은은한 열기가 온몸으로 피어오르고, 두 눈동자가 붉게 변하기 시작했다.

'그러나… 일 초!'

뽑히지 않은 도는 도갑 안에서 터질 듯한 힘을 응축하고 있었다.

그리고 묵룡의 검은 이빨이 풍의 면전에 다다랐을 때, 도는 폭발적으로 튀어나가며 자신의 존재를 명확히 드러냈다.

섬광이 일고, 폭음이 울렸다.

풍의 도가 이마령의 경력을 찢어발기는 소리였다.

종잇장처럼 찢겨 나가는 이마령의 경력은 허공에 비산하며 검은 그림자를 만들어냈고, 그 사이를 가르는 풍의 도세는 부릅뜬 이마령의 눈을 외면하며 그의 전신을 가르고 지나갔다.

저벅저벅.

도를 회수하고, 풍은 미련 없이 등을 돌렸다.

폭음의 여운이 남아 있는 비무대 위엔 검은 그림자가 바람에 흩어지고 있었다.

그리고 작은 여음마저 사라져 일체가 죽은 듯 고요한 비무장엔 풍의 발걸음 소리만 또렷이 울렸다.

일 초.

이마령 또한 그 벽을 넘을 수 없었다.

"와아아아아아."

"만세!"

흥분한 관객들이 비무장이 떠나갈 듯 고함을 질렀다.

천천히 걸어 비무대를 내려가는 풍의 전신으로 사람들의 찬사와 환호가 쏟아졌다.

함성은 비무장을 울려 공명을 만들어냈고, 관객들은 새로운 영웅의 등장에 박수갈채를 보냈다.

[형님!]

전음성이 들렸다.

[형님!]

간절한 목소리였다.

수염에 가려 잘 보이지 않았지만, 무표정하게 비무대를 내려가던 풍의 입가에 미소가 감돌았다.

[오랜만이다.]

오윤은 저도 모르게 자리에서 일어났다.

[형님!]

저도 모르게 흐르는 눈물이 눈가를 촉촉하게 적셨다.

모두가 죽거나 떠났다.

아직 서른이 채 되지 않는 나이에 무너진 정파무림을 어깨에 지고 살아왔다.

힘든 일도 많았고, 괴로운 일도 많았다.

그러나 이 순간 과거의 모든 기억이 다 사라지며 오직 한 사람만 머리에 남았다.

오윤은 몸을 날렸다.

극상승의 신법으로 허공을 훌훌 날아가더니, 비무대를 내려와 자기 처소로 돌아가는 풍을 향해 달려들었다.

놀란 것은 관객들과 다른 사람들이었다.

멀쩡히 관람석에 앉아 대결을 지켜보던 오윤이 허공을 건너 풍에게 날아갈 때, 사람들은 갑자기 벌어진 상황에 영문을 몰랐다.

날아가는 기세가 너무도 강해서 어떤 사람은 둘이 무슨 원수지간인 줄로 착각하기도 했다.

"어이쿠!"

덮치듯 안겨오는 오윤을 가슴으로 받아주며 풍은 짧게 탄성을 터뜨렸다.

"형님!"

오윤이 소리치며 풍을 꽉 끌어안았다.

—형님!

부르는 소리는 모두가 들었다.

그리고 반가이 안아주는 장본의 모습도 보았다.

영문 몰라 어리둥절하던 사람들은 비로소 상황을 이해했다. 그리고.

"낭왕!"

한 사람을 떠올릴 수 있었다.

문외고검 오윤이 저리도 기쁘게 달려가며 형이라 칭할 수 있는 유일한 한 사람.

남만과 서장의 공세를 물리치고, 천하를 위기에서 구해낸 사람.

비록 낭인이라는 비천한 신분이었지만, 천하의 그 누구보다도 강하다고 알려졌던 사람.

낭왕.

"귀도!"

전장의 영웅이 돌아온 것이었다.

*   *   *

조양객잔. 흑운회의 본거지이자 낙양에서도 손꼽히는 이름난 객잔.

그곳 별채에선, 꽤 많은 무림인의 삼엄한 경계 속에 여러 명의 사내가 술자리를 갖고 있었다.

상다리가 부러져라 잘 차려진 술상을 두고 그들은 지난 삼 년을 애기하고 있었다.

연추가 보였고, 정삼과 영춘이 보였다.

정삼은 은퇴하여 다시 정원지기 늙은이로 돌아갔다.

진광은 본래 하던 객잔으로 내려가 보이지 않았다.

"형님께서 곤륜으로 떠나시고 난 뒤, 저와 제검 어르신, 그리고 운 형님은 난주 무림맹 안가에서 며칠을 지냈습니다. 운 형님의 상세가 안 좋아 이동이 불가능했었거든요."

"운아는 어떠하냐? 괜찮으냐?"

"많이 나으셨습니다. 다만 검상이 깊다 보니 근맥을 많이 상해서 아직 완전히 다 나은 상태는 아닙니다. 그래도 의원의 말로는 머지않아 회복될 것이라 했습니다."

"다행이구나."

풍이 속으로 안도의 한숨을 내쉬었다.

미안한 마음이 컸다.

형으로서 동생을 지켜주지는 못할망정 동생의 희생으로

목숨을 건졌으니 입이 열 개라도 할 말이 없었다.

"잘 지내셨습니까?"

"응."

"가신 일은 잘되셨구요?"

"뭐, 그럭저럭."

답을 하는 풍의 얼굴은 밝지 않았다.

―적도가 이르는 진정한 붉은 대지는 이곳이 아니네.

염가 노인의 말이 떠올랐다.

곤륜 선인들의 말을 따라 열하까지 먼 길을 찾아갔건만 열하는 적도가 이르는 붉은 대지가 아니었다.

더구나.

―이미 늦었네.

염가 노인은 풍에게 거스를 수 없는 시대의 흐름을 전했다.

저 넓은 광야. 지금도 그곳 어딘가에는 다가올 미래를 준비하는 자들이 있다.

천하를 혼란에 빠뜨리고, 천지가 개벽하듯 중원의 역사를 뒤바꿀 존재들.

여진.

　　염가의 진정한 의지는 열하가 아닌 저 멀리 북방의 오랑캐
에게로 이어지고 있었다.

　　—백가가 중원에 그 뿌리를 내리고 있는 한, 염가의 한은
계속 이어질 것이야. 그리고 깊이 뿌리내린 백가의 세력을 제
대로 제거할 방법이 없다면, 차라리 중원 전체를 뒤집어엎는
한이 있더라도 그들의 끝을 보겠다는 것이 그들의 뜻이고. 축
융의 후예는 중원을 이미 떠났다네. 여기 열하에 남은 이들은
그들과 뜻을 같이하지 않는 소수의 반대파이고. 안타깝겠지
만 그게 현실이네.

　　삼 년 동안 광야를 돌아다녔다.
　　어떻게든 손을 써보려고 붉은 대지를 찾아다녔다.
　　그러나 숨은 듯 보이지 않는 붉은 대지는 결국 찾을 수 없
었다.
　　곳곳에서 여진이란 이름으로 사는 북방민족들을 만날 수
는 있었지만, 축융의 후예, 붉은 대지를 만날 방법은 없었다.
　　마침내 찾기를 포기했고, 중원으로 돌아왔다.
　　차라리 은밀히 숨어 있는 백가를 잡아 염가의 한을 푸는 것
이 낫겠다고 판단한 때문이었다.
　　그러나 풍은 몰랐다.
　　축융의 후예를 찾아 온 광야를 떠돌면서도 그는 깨닫지 못

했다.

붉은 대지는 어느 신비한 곳에 들어 있는 숨은 비처가 아니라, 그가 떠돌아다녔던 광야 그 자체라는 것을.

"너는 어찌 지냈더냐? 별 탈은 없었고?"

풍이 잔을 권하며 오윤의 일을 물었다.

"저도 뭐……."

오윤의 대답 또한 풍의 대답과 비슷했다.

흐리고 어두웠다.

잊지 못할 과거가 다시금 뇌리를 감돌았다.

─낭왕이 마교 교주에게 패했습니다. 그리고 돌아오던 중 운룡검이 정체 모를 자들의 습격을 받아 중상을 입었습니다. 마교는…….

마교 교주의 무위와 마교 전력에 대해에 대해 맹주에게 보고를 올렸다.

그리고 그 보고는 구양수에게 큰 고민을 안겨주었다.

수는 오백이나 그 힘은 정파무림을 능가했다.

결정적으로 정파는 가장 믿었던 고수 둘을 잃었다.

풍과 운. 그들 두 형제가 사경을 헤맬 정도의 큰 부상을 입은 것이다.

구양수와 남궁태민이 있다 하지만 고수의 수와 질에서 정파무림은 그 힘이 너무도 부족했다.

　―무림맹은 해산한다.

　섬서에 있던 무림맹 무인들에게 청천벽력과도 같은 명이 떨어졌다.
　며칠을 두고 고민을 거듭하던 구양수가 마침내 맹주로서의 마지막 결정을 내린 것이었다.
　싸움의 결과는 눈에 쉽게 보였다.
　팔천의 무림맹 무사가 모두 나선다 하더라도 저들의 전진을 막을 방법은 없었다.
　싸우자 명을 내리면 저들은 모두 따를 것이었다.
　그것이 저들 무림맹 무사의 신념이었다.
　그러나 뻔히 보이는 죽음의 강 속으로 모두를 끌고 들어갈 수는 없었다.
　대신 구양수는 결사대를 모았다.

　―각 문파 사람들은 판단을 잘 내리고 지원을 하라.

　결사대를 모은다는 구양수의 말에 팔천 무인 거의 전부에 이르는 인원이 지원을 했다.
　높은 의기였고, 진정한 협의였다.

하지만 구양수는 그들의 지원을 거부했다.

당장의 의기도 중요하지만, 그것이 뻔히 보이는 개죽음으로 이어져서는 안 된다는 것이 그의 판단이었다.

사람들에게 다시 생각의 시간을 주었다.

문파끼리, 친우끼리 각자의 역할 분담을 논의했다.

그리고 삼천의 결사대가 꾸려졌다.

―뒤를 부탁하네.

뒤를 도모할 조직도 만들어졌다.

기약할 수는 없지만, 먼 훗날 기필코 힘을 길러 중원 수복에 나설 힘을 키워야 했다.

눈물과 웃음 속에 두 집단의 길이 갈라졌고, 그들은 다시 서로를 볼 수 없었다.

"저는 중원으로 돌아와야 했습니다. 혜검을 이었다는 그 하나의 이유로 오히려 저는 살아남아야 했습니다."

삼천 결사대의 죽음과 마교 입성. 그 소식을 듣고 오윤은 피눈물을 흘렸다.

자신이 아는 대부분의 사람이 거기 있었다.

자신을 친동생처럼 아끼고 사랑해 주던 많은 이가 검하의 고혼이 되어 다 사라져 버렸다.

예상했지만 충격은 예상을 넘었다.

“열심히 수련을 했습니다. 무엇을 어찌하겠다는 구체적인 목적도 없이 그저 수련에만 미쳤었습니다. 그래야 했습니다. 그것만이 제가 할 수 있는 유일한 것이었으니까요.”

말하는 오윤의 목소리는 떨렸다.

남몰래 숨겨왔던 마음속 아픔이 풍을 만나자 밀물처럼 밀려왔다.

술잔을 쥔 그의 오른손 위로 술이 넘쳐흘렀다.

마음을 진정하려 깊이 숨을 들이쉬었지만, 떨리는 손은 멈추지 않았다.

“수고했다.”

한마디.

풍은 그 말밖에 해줄 말이 없었다.

죽지 못하고 살아남아야 했던 사람의 깊은 비애. 그것은 몇 마디 위로로 풀릴 것이 아니었다.

풍이 술 묻은 오윤의 손을 잡았다.

잘게 떨리는 손의 진동이 풍의 손 안을 거쳐 가슴으로 전해졌다.

“정말, 수고했다.”

풍이 오윤의 손을 꽉 쥐었다.

떨리는 마음을 잡아주려는 듯 하얗게 핏기가 사라지도록 꽉 움켜쥐고 놓지 않았다.

“고맙다.”

그리고 실내를 맴도는 풍의 한마디는 깊고 무겁게 가슴을
울렸다.

＊　　　＊　　　＊

오윤이 기권하면서 전마와 풍, 삼마령과 사마령이 새로운
사대마령의 자리에 올랐다.

그리고 풍을 제외한 나머지는 그들의 자리에 만족하고 더
이상의 대전을 포기했다.

교주는 신, 그들이 넘을 수 있는 존재가 아니었기 때문이었
다.

교주에 도전한다는 풍의 말이 있었고, 장내의 환호 속에 풍
을 제외한 나머지 새로운 삼마령과의 대결이 펼쳐졌다.

교주의 자리에 도전하기 위한 마지막 조건. 그것은 나머지
마령들의 협공을 이기는 것이었다.

불합리하다 싶을 수도 있었지만, 사실은 전혀 그렇지 않았
다.

마교 교주는 역대로 사대마령을 모두를 합친 것보다 강했
다.

마졸부터 사대마령까지는 그래도 무인이었지만, 교주는
달랐다.

그는 한 명의 무인이기 이전에 마신의 대리인으로 종교적

추앙을 받는 자이기 때문이었다.

교주에겐 그에 걸맞은 능력이 요구되었고, 실제로 역대 교주들은 그런 능력을 갖추고 있었다.

삼대일.

검마와 이마령, 삼마령이 풍을 가운데 두고 삼각형의 형상을 이루었다.

이전 대결로 부상이 심했던 전마를 대신해 십대마존 중 최고 서열의 검마가 비무에 나섰다.

절대강자 셋의 가운데 위치해 있었지만 풍은 여전히 여유로웠다.

심판관의 구령이 떨어지고 세 명의 마인이 풍을 두고 압박할 때, 교주의 명이 전달되었다.

대결은 중단되었고, 마교대전은 끝이 났다.

*   *   *

"자네 뭔가 바뀐 것 같아."

"아마 그럴 것이오."

"새로 얻은 게 있었나 봐."

풍은 말없이 고개만 끄덕였다.

"그래, 이번엔 날 이길 수 있을 것 같은가?"

"그럴 수 있을 것 같소이다."

“삼 년 전에도 그 말은 했던 걸로 기억하는데.”

“이번엔 제대로 실천할 생각이오.”

넓고 큰 대전.

한때 무림맹 대회의나 연회가 베풀어졌던 이 넓은 대전은 마교가 들어서면서 교주를 위한 거처로 바뀌었다.

대전 문을 마주한 정면 벽 아래 교주 단리천의 태사의가 자리했다.

그 좌우로 높이 삼장에 이르는 거대한 마신상이 옹립하듯 우뚝 서 있었고, 좌우 벽으론 검은 불길이 일렁이는 등들이 일렬로 나열돼 있었다.

낮이나 어두운 공간.

빛 하나 새어들지 않는 칠흑의 어둠 속에 짙은 마기를 풍기며 단리천이 앉아 있었다.

“하하하하하.”

단리천이 고개를 한껏 젖히며 크게 웃어댔다.

“좋아, 좋아. 암. 그래야지.”

언제나 굳은 얼굴과 짙은 마기로 사람을 두렵게 하던 단리천이었는데, 이 순간만큼은 밝고 환하게 웃고 있었다.

“웃을 일이 아닐 텐데.”

“그런가?”

“그렇소.”

풍이 느긋하게 앞에 놓인 포도 한 알을 집어 들고는 삐딱하게 앉아 포도를 입에 베어 물었다.

"여유가 생겼군."

"그때와는 상황이 다르니."

"정말 확신을 갖고 있는 모양이군,"

"그러니 왔겠지요."

풍이 다시 손을 내밀어 포도를 집어 들었다.

"그래, 즐거우셨소이까?"

풍이 지난 삼 년의 시간을 물었다.

"생각보다 별로였네. 재미도 없고."

포도를 먹던 풍이 눈으로 불신을 전했다.

"크크. 안 믿는군."

"차라리 시집가기 싫다는 노처녀의 말을 믿겠소."

"크크크. 그러나 사실이네. 정말 재미없었어."

천산에 있을 때는 미래에 대한 기대로 살았다.

그리고 풍과의 격돌은 그 오랜 기다림에 대한 작은 보상이었다.

그러나 낙양에 들어온 이후로 단리천은 모든 일에 심드렁해졌다.

긴장이 없는 밋밋한 날들.

천산의 어두운 동굴 안에서 평생을 기다린 것은 이런 아이들의 소꿉놀이가 아니었다.

아무런 자극이 없는 매일이 똑같은 하루. 단리천은 정말로 현재의 삶이 재미가 없었다.

"내일이면 당신은 죽소."

"설마?"

"믿든지 말든지."

풍이 손에 묻은 포도의 흔적들을 수건으로 닦아내고 자리
에서 일어섰다.

"하루요."

풍이 웃으며 단리천에게 손가락 하나를 들어보였다.

"재밌게 사시구려."

그리고 고개를 까딱거려 인사를 하고는 뒤로 돌아 대전을
나갔다.

'하루……'

풍이 던진 한마디를 따라하던 단리천이 씩 웃었다.

인생의 자극. 단리천에게 풍은 그런 존재였다.

가능하다면 평생을 함께하고픈 사람, 그것이 풍에 대한 단
리천의 마음이었다.

'잘 보내거라. 애송이.'

그러나 풍이 던진 하루의 삶을 그가 갖고픈 마음은 없었다.

재미가 없다 해도 살아 있음이 났다.

그것은 단리천처럼 인생을 오래 산 사람일수록 더욱 강하
게 느끼는 삶의 진리였다.

*　　　*　　　*

풍이 단백도를 들었다.

이제까지의 비무처럼 도갑에 도를 둔 채 상대를 맞이하는 것이 아니라, 아예 처음부터 도를 꺼내 들었다.

홍염이 타올라 전신을 감쌌고, 붉게 변한 눈동자는 승리에 대한 강한 의지를 불태우고 있었다.

“기대가 크네.”

“실망하지 않을 것이오.”

“꼭 그렇게 되길 비네.”

검은 마기를 철갑처럼 온몸에 두르고 단리천은 몸 안의 모든 마기를 끌어올렸다.

한 번 이겼던 상대였다.

그러나 그랬기 때문에 단리천은 더욱 방심할 수 없었다.

며칠을 싸웠던 그날의 기억. 승자는 자신이었지만 단리천은 그것이 운이었다고 생각했다.

실력은 그때도 백중세였다.

다만 승운이 자신 쪽으로 조금 더 넘어왔을 뿐.

힘겨웠던 그날의 승부를 생각하며 단리천은 깊이 호흡을 가다듬었다.

결국 승부는 사소한 것에서 차이가 날 것이다.

자신과 그의 승부는 그런 것이었다.

무로써는 더 이상 오를 곳이 없는 두 사람. 인간의 한계를 넘어선 둘이었기에 극히 미세한 차이가 승패를 가른다.

단리천은 심혈을 기울여 승부를 준비했고, 그것은 풍 또한 마찬가지였다.

달라진 것이 있다면 지난 삼 년의 경험과 단백도.

그것은 생각보다 큰 변수가 될 것이었다.

탐색은 없었다.

이미 서로에 대해 잘 알고 있는 두 사람이었기에 쓸데없는 허초는 낭비였다.

첫 초식부터 할 수 있는 최선을 다해야 했고, 그래야만 승리에 가까울 수 있었다.

콰쾅!

폭음이 울리고 대지가 들썩였다.

검고 붉은 불꽃이 서로를 잡아먹으려 크게 일렁였고, 보이지 않게 빨리 움직이는 두 신형은 흐릿한 잔영만을 남긴 채 보이지 않았다.

천둥이 울리고 벼락이 쳤다.

천신의 노여움인 듯 사방으로 날리는 충돌의 여파는 주변의 땅을 뒤집어놓았다.

검은 마기가 칼날이 되어 풍을 잘라오면 붉은 불꽃이 방패가 되어 그것을 막았다.

단백도가 붉은 강기를 머금고 단리천의 목을 노리면 마령검이 검은빛을 발하며 도신을 쳤다.

손이 무기요, 발이 무기요, 불꽃이 무기요, 굳은 심지가 무기였다.

태산을 쪼갤 거력이 단백도의 힘이라면 바다를 잘라놓을 파괴력이 마령검의 힘이었다.

싸움은 점입가경, 점점 더 격렬함이 더해졌고, 태산을 평지로 만들 미증유의 힘에 주변에 제대로 남은 것은 아무것도 없었다.

그렇게 싸우길 다시 하루.

승패가 보이지 않는 두 고수의 싸움은 그렇게 끝 모를 길로 접어들었다.

*　　　*　　　*

낙양대로.

양쪽 길옆으로 사람이 가득했다.

그들이 보는 쪽은 마교 총단. 모두 다 잠시 후 이 길을 지나갈 자들을 기다리는 중이었다.

등마문이라 적혀 있던 편액이 내려졌고, 얼마 뒤 정문을 통해 일련의 사람이 말을 탄 채 정문을 빠져나오기 시작했다.

삼 년 전, 위세 당당하게 낙양에 입성했던 마교 교도들이었다.

올 때와는 다르게 그들은 수많은 사람의 환호 소리를 들었다.

마도천하의 종결을 축하하는 소리였다.

무리의 중간쯤으로 마차가 한 대 보였다.

풍과의 결투에서 중상을 입은 마교 교주를 위한 마차였다.

—교주 자리엔 관심이 없소. 그건 교주도 잘 아실 테고.

—물론 알고 있네. 자네는 본교에 들어올 이가 아니지. 그럼 무엇을 걸까?

—삼 년 전 교주와 처음 대결을 벌였을 때 내가 걸었던 조건을 기억하시오?

—기억하네. 그럼 그때 말하지 못했던 조건으로?

—그렇소.

—뭔가? 또 그대가 이기면 말하려나?

—아니오. 지금 말하겠소. 회군(回軍). 내 조건은 그것이오.

—내 그럴 줄 알았지.

교주는 약속을 지켰다.

누누이 강조하던 것처럼, 그는 자신의 말을 어기지 않았다.

　혹시나 하는 염려가 없진 않았지만, 마교인들 또한 두말없이 교주의 명을 따랐다.

　―지금은 가지만, 조만간 다시 보게 될 것이오. 난 이곳 중원이 상당히 마음에 들거든.

　대제자 상원(上原)이 마차에 오르며 마지막으로 한마디를 남겼다.
　그리고 닫힌 마차 문.
　마교의 마도천하 또한 그렇게 삼 년 만에 문을 닫았다.

第十一章

“자네 왔는가?”

“오랜만입니다.”

“그렇군. 거의 삼사 년 됐지?”

“살쪘네요?”

“아, 이니. 살이 찐 게 아니라……”

아닌 게 아니라 흑공의 얼굴은 몇 년 사이 살이 올라 토실토실한 아기 돼지를 보는 것 같았다.

“에고, 누구는 생고생하면서 죽도록 돌아다니느라 바빴는데, 누구는 얼마나 편했으면 저렇게 살이 뽀얗게 올랐을까. 그러고 보면 확실히 세상은 참 불공평한 거 같아요. 그죠?”

　너른 실내. 안락한 의자에 편안하게 몸을 기댄 채 흑공과 애기를 나누던 풍이 들고 있던 단백도를 탁자 위에 올려놓았다.

　"무거워서."

　풍이 씩 웃으며 흑공을 바라봤다.

　흑공이 그 모습을 보며 속을 욕지거리를 내뱉었다.

　'무겁기는 개뿔.'

　더 고민할 필요도 없이 분명한 협박이었다.

　수 틀리면 베겠다. 뭐, 그런.

　"허허허, 내 보기에도 꽤 무거워 보이는 도로구만. 진즉 그리 놔두지 그랬나?"

　그러나 얼굴에 맺힌 웃음은 거둘 수 없었다.

　아니, 거두면 안 됐다.

　상대는 낭왕. 천하를 눈 아래 둔 자이다.

　당금 천하에 누가 있어 그의 비위를 거스를까?

　더러워도 참아야 한다.

　"그래, 이곳까지 어인 행차신가?"

　"그냥, 천주님 얼굴 뵈러 왔죠."

　"그래? 허허허. 그 참 듣기에 반가운 소리네. 그래도 잊지 않고 나를 찾아주시다니 말이야."

　흑공의 그 말은 진심이었다.

　예전 풍을 처음 보았을 때부터 그는 알고 있었다.

장차 세상은 풍의 것이 될 것이라고.

그래서 흑공은 어떻게든 풍과의 연을 이어가려 했다.

아군은 못되더라도 최소한 적으로 만나서는 안 될 인물이라 생각했기 때문이었다

그리고 그런 자신의 판단은 정확했다.

낭왕.

천하인 모두가 풍을 그리 부른다.

그리고 부르는 목소리엔 늘 존경의 마음이 내포되어 있었다.

무림 역사에 다시없을 겁변을 종식시킨 시대의 영웅. 그런 그에게 존경을 표하지 않느다면 누구에게 존경을 표할까?

"뭐, 반가울 것까지는 없구요. 그나저나 내가 하나 물어볼 것이 있는데."

"뭔가?"

"그 뭐랬죠? 호신대장이랬나 뭐랬나, 왜 천주님이 나에게 준 칭호."

"아, 호법대장."

[호법사령입니다. 주공.]

[사령이었어?]

[네, 주공.]

듣고 있던 한수가 호칭을 제대로 수정해 주었다.

[됐어. 대장이나 사령이나 뭔 차이가 있겠어? 어차피 다 형

식적인 건데.]

　[그래도.]

　[그냥 대장해. 어차피 저놈은 몰라. 그냥 우겨. 내가 볼 때
잔머리는 있지만 기억력은 별로인 놈이야. 그냥 대장해도
돼.]

　"들린다 했죠."

　딸꾹.

　흑공이 저도 모르게 딸꾹질을 했다.

　잊고 있었다.

　저놈은 전음을 엿듣는 놈이라는 거.

　안 본 지 몇 년 되다 보니 깜빡 잊고 있었다.

　세상에서 가장 어색한 표정이 흑공의 얼굴 위로 떠올랐다.

　세상에서 제일 민망할 때가 상대가 있는 줄 모르고 뒷담화
하다 상대와 얼굴이 마주쳤을 때다.

　그것도 어떤 식으로든 상대가 자신보다 위에 있는 사람일
때.

　흑공이 생각할 때, 풍이 위고 자신이 아래였다.

　"어어어."

　탁자 위에 놓았던 단백도를 다시 집어 드는 풍을 보며 흑공
이 급히 풍을 말렸다.

“손이 허전해서.”

풍이 웃으며 흑공을 보았다.

한없이 맑은 눈망울이 그곳에 있었다.

그러나 흑공은 온몸에 소름이 끼치는 것을 느껴야 했다.

식사가 나왔다.

한눈에 봐도 잘 차려진 푸짐한 식단이었다.

원래 먹을 것에 민감한 흑공인데다, 낭왕까지 그 자리에 함께하게 되자 주방장은 자신이 할 수 있는 모든 역량과 기술을 총동원하여 한 편의 예술 작품을 만들어 냈다. 그야말로 천상의 요리라 해도 지나침이 없을 정도였다.

“살찐 데는 이유가 있었네.”

들어오는 음식을 보자마자 풍이 넌지시 한마디 했다.

흐뭇한 마음으로 식탁 위를 바라보던 흑공이 풍의 한마디에 바로 식욕이 사라졌다.

이대로 같이 먹다간 분명 체할 것 같았다.

구렁이 같은 꿍꿍이를 알아내야 했다.

“말해보게. 날 찾은 용긴이 뭔가?”

흑공의 진지한 물음에 맛있게 식사를 하던 풍이 시나기듯 말을 던졌다.

“녹봉. 그거 줘요.”

“녹봉?”

“나 호법사령이라고 했잖아요?”

“그렇지.”

“그러니까.”

흑공이 잠시 말을 않고 풍을 바라보았다.

‘결국 돈 뜯으러 왔다?’

허울뿐인 자리에 녹봉이 있을 리 없었다.

말은 저렇게 하지만 결국 속내는 돈.

흑공은 갑자기 인생이 허무해졌다.

누가 알까? 명색이 사파지존인데 자기 집 안방에서 돈 뜯기고 있는 자신의 모습을.

“얼마나?”

“알아서 줘요. 녹봉은 주는 사람 마음이지, 받는 사람 마음은 아니잖아요.”

그렇게 말하면서 풍이 다시 단백도를 식탁 위에 올려놨다.

“식사하는 데 거치적거려서.”

거짓말에 서툰 풍이었다.

흑공은 두말 않고 수하에게 일러 돈을 마련했다.

주는 것은 문제없었다.

지난 삼 년 동안 알게 모르게 꽤 많은 돈을 모았다.

경쟁하던 무림맹이 무너지고, 마교는 돈에 욕심이 없었다.

부지런히 긁어모았고, 자금은 넉넉했다.

“대신 조건이 있네.”

"말해요."
"자네가 맡은 일이 호법사령이야. 즉 내 목숨을 자네가 지켜줘야 한다는 거지."
"문제없습니다."
풍이 씩 웃으며 식사를 이어갔다.
'손해는 아니지.'
흑공은 손해 볼 것이 없었다.
천하최강자. 그가 자신의 뒷배가 된 이상, 이번 거래는 남는 장사라 봐도 무방했다.

*　　*　　*

다음 날, 천하에 큰 소문 하나가 떠돌았다.
낭왕이 사도천주 흑공의 목을 노리고 있다는 소문이었다.

—흑공은 내가 침 발라놨다. 누구든 가로채면 가만두지 않겠다.

그렇게 흑공은 자신의 목숨을 보장받았다.

*　　*　　*

무림맹 현판이 다시 걸렸다.

뜻 있는 정파 인사들이 급한 대로 십시일반 조금씩 돈을 모아 내부 치장도 다시 했다.

그동안 음으로 마교에 저항하던 정파세력은 공식적으로 그 활동을 재개했다.

마교 저항 세력의 주축으로 활동했던 남궁세가의 가주 남궁호연이 새로운 무림맹의 맹주로 취임했고, 그의 지휘에 맞춰 빠르게 조직을 갖춰가기 시작했다.

조양객잔에도 새바람은 불고 있었다.

노회한 낭인 몇몇이 다시 원래 자리로 돌아갔고, 새로운 신입들이 들어오고 있었다.

"이거 장난 아니네."

그런데 몰려드는 신입의 수가 장난이 아니었다.

그 모두가 낭왕, 풍을 동경하며 몰리는 자들이었다.

명문 거파가 그 명성으로 제자를 모으듯이 이제 가장 많은 인재가 몰리는 곳은 그 어느 문파도 아닌 흑운회였다.

낭인은 누구나 될 수 있다.

그러나 누구나 될 수 없는 것이 또한 낭인이었다.

풍의 모습을 보고 꿈을 꾸듯 젊은이들이 몰려들었지만, 그 중 낭인의 실제 현실을 버틸 수 있는 자는 거의 없다 봐도 무방했다.

대부분 있다가 실망하고 돌아설 자들. 그러나 흑운회는 지원하는 모두를 다 받아주었다.

그것은 흑운회의 철칙.

그들은 사람을 가리지 않았다.

그리고 그들이 앞으로 써야 하는 많은 비용은 어디선가 들고 온 풍의 돈으로 한동안 충당할 수 있을 것이었다.

*　　　*　　　*

풍은 세상을 떠돌았다.

때론 사람들에게 도움을 주고, 때론 낭인 본연의 일을 하면서 자신의 본분을 잊지 않았다.

시간이 날 때면 항주 장원에 들러 쉬곤 했다.

그곳은 풍에게 그 어느 곳보다 많은 추억이 담긴 곳이었기에 시간이 허락하는 한 항주에 머물렀다.

그러나 풍이 하는 가장 큰 일은 백가의 흔적을 쫓는 일이었다.

유랑하듯 천하를 돌아다니며 몸소 백가의 뒤를 추적하고 있었다.

그 일은 풍만 하는 일은 아니었다.

마교가 물러가고 무림맹이 재건되던 날, 무림맹주 남궁호연은 천하에 백가와의 전쟁을 선포했다.

그들이 어떤 사람이며 어떤 패악을 저질렀는지 낱낱이 밝혀 세상에 알렸으며 현상금을 걸고 그들을 수배했다.

지난 몇 년의 커다란 상처가 모두 그들의 흉계에 의한 것이라는 게 밝혀지자 세상은 분노했고, 그 원망의 화살은 마침내 황실을 향했다.

황실은 부정했다.

사람들의 원성이 하늘을 찔렀지만 항실의 답은 언제나 부정이었다.

대신 황실은 자신들이 결백함을 증명이라도 하려는 듯 백가를 잡는 일에 적극적으로 나서겠다고 발표했다.

황실과 무림이 처음으로 손을 잡았고, 공동대책위가 만들어졌다.

무림뿐만 아니라 정계, 재계를 아우르는 광범위한 탐문이 벌어졌다.

조금이라도 의심스러운 곳은 철저한 조사가 이루어졌다.

그러나 그런 그들의 노력에도 불구하고 백가는 그 모습이 잡히지 않았다.

몇 년에 걸친 장기간의 수사에도 그들의 정체는 드러나지 않았다.

마치 세상에 원래부터 존재하지 않은 것처럼 그들은 모든 곳에서 그 흔적을 감추었다.

그리고 일 년, 이 년 시간이 지나면서 사람들은 차차 그 일을 잊어가기 시작했다.

누군가 기억하는 이도 있었지만 그것은 지나간 과거의 헛된 기억일 뿐이었다.
그리고 세상은 어느 샌가 그들을 잊었다.

終

이야기 하나

낙양 무림맹 정문 앞은 이른 새벽부터 사람들로 장사진을 이루고 있었다.

정문 앞은 그리 협소한 공간은 아니었다.

하지만 중원 각처에서 올라온 각양각색의 많은 사람은 그 공간을 다 메운 것도 모자라 인근 거리까지 점령하고 있는 형국이었다.

"아직 멀었나?"

누군가 채 날이 밝지 않은 동쪽 하늘을 보며 시간을 가늠했고, 또 누군가는 직접 정문 위사에게 다가가 문이 열리는 시각을 물어보며 어서 정문이 열리기만 기다리고 있었다.

사정은 정문 안쪽도 비슷했다.

바깥만큼 많은 사람이 있지는 않았지만, 정문과 대전을 연결하는 중앙대로 옆으로 사각 모양의 탁자들이 길게 늘어서 있었고, 탁자 위엔 각각 책 한 권과 필묵이 잘 정돈된 채 놓여 있었다.

책 위에 적힌 책자 제목은 방명록.

이날은 무림맹주 운룡검 장운의 고희연이 열리는 날이었다.

끼이익.

둔탁한 소리와 함께 마침내 정문이 열리자, 사람들이 일시에 정문으로 몰려들었다.

완전히 열린 정문 안으로 온갖 장식으로 치장된 무림맹 전각들이 그 모습을 드러냈고, 아침의 상쾌한 공기를 즐기는 새들의 노랫소리는 이날의 잔치를 예비하고 있었다.

대전 앞.

정복을 차려 입은 무림맹 호위 무사들이 좌우를 지키고 있는 그곳에서 중년 사내 한 명이 이리저리 분주히 움직이고 있었다.

장하민(張霞珉).

무림맹주 장운의 아들이자, 이번 고희연의 총책임을 맡고 있는 그는 정문이 열렸다는 소식에 마음이 더욱 급해졌다.

원래라면 어제 저녁에 모든 준비를 다 끝내놓고 이날 아침 편하게 손님들을 맞았어야 했지만, 어젯밤 화려함을 싫어하는 맹주 장운이 전각의 치장에 눈살을 찌푸리며 한 소리를 한 것이 문제였다.

─이게 다 무엇이더냐?
─보시다시피 아버님의 고희연을 준비하는 중입니다.
─내가 분명히 말하지 않았더냐? 이런 짓 하지 말라고.
─그게…….
─맹주님. 이 모두가 당신을 위해 준비된 것들입니다. 수고 했다고 격려는 못해줄망정 역정을 내시다니요?

소란을 들었던지 맹주 장운의 부인 남궁설이 대전 앞에 나타났다.

─아무리 맹주께서 검소하시고 소탈하시다 하나 이미 시작한 일입니다. 더구나 이 일이 맹주의 고희연을 위한 준비

이지만, 또한 이 일이 어찌 맹주님 한 분만을 위한 자리이
겠습니까? 사람들이 욕합니다. 맹주의 한 번밖에 없는 고희
연을 너무 성의 없이 준비했다고 사람들이 저 아이들을 욕
해요.

　남궁설이 한 소리 하는 장운에게 다가가 길게 말을 늘어놓
았다.
　사실 장하민에게 이 모든 것을 지시한 이가 바로 그녀였으
니, 아무리 맹주가 싫어한다고는 하나 아내 된 도리로서, 또
정인을 사랑하는 여인의 마음으로서 그녀는 그냥 지나칠 수
가 없었던 것이었다.

　—부인!

　평소 누구보다 끔찍이 아끼는 부인이라 그녀의 말을 들음
직도 한데 맹주 장운은 유달리 이날따라 자신의 고집을 꺾지
않았다.
　난감한 것은 일을 하는 실무자들이었다.
　맹주의 뜻을 따라 장식들을 철거하려 하니 맹주 부인이 말
렸고, 그 말에 엉거주춤 서 있으면 맹주가 역정을 내니 힘없
고 지위 낮은 것이 죄라. 아들이자 무림맹 총관인 장하민을
비롯한 실무 인력들은 노부부의 중간에서 이러지도, 저러지

도 못하며 시간만 보내고 있었다.

결국 평소처럼 아내를 이기지 못한 장운이 전각의 치장을 허락했지만, 이미 시간은 한참이 지난 후였다.

부랴부랴 다시 치장을 시작하고 이것저것 손을 보긴 했지만 일의 진도는 느렸다.

붙였다 떼는 과정에서 손상된 장식들이 생각보다 많았고, 더구나 일하는 인부들이 안광을 발하며 옆에 서 있는 장운의 눈치를 보느라 제대로 손을 놀리지 못하니 자정이 지나 새벽이 되어가지만 일은 끝이 보이지 않는 것이었다.

"서둘러라. 정문이 열렸다. 곧 손님들이 몰려올 것이니, 하던 일들 다 서둘러 마무리하고 손님 맞을 채비를 갖추어라."

'에휴.'

대전 주변을 둘러보던 장하민이 한숨을 내쉬었다.

공은 공대로 들어갔는데 그 결과가 썩 만족스럽지 못한 탓이었다.

'그나저나 아버님도 참.'

장하민은 장운이 어찌 보면 별거 아닐 수도 있는 이 일에 저리도 발끈하는 이유를 잘 알고 있었다.

평소의 장운을 생각하면 맹 밖의 사람들은 절대로 이해 못할 행동이었지만, 장하민은 알았다. 그의 아버지가 왜 저리 검소함에 목숨을 거는 것인지를.

　그것은 다 장운의 형이자 그의 백부가 되는 낭왕 때문이었
으니, 형을 생각하는 동생의 의는 시간이 지나도 변하지 않는
것이었다.

　저녁이 되자 대전에서는 무림의 주요 인사들을 위한 연회
가 베풀어졌다.
　그러나 정작 주인공인 장운은 자리에 보이지 않고 있었
다.
　그가 있는 곳은 다름 아닌 무림맹 연무장.
　넓고 큰 그곳 연무장엔 다양한 크기의 천막이 가득했고, 각
천막마다 대전 연회에 초대받지 못한 많은 사람이 모여 따로
술자리를 갖고 있었다.
　“와줘서 고맙소.”
　“아이고, 별말씀을 다 하십니다, 맹주님. 당연히 와야 할
자리인 것을.”
　“그래도 이리 불편하게 있어야 할 자리임을 뻔히 알면서도
이렇게 와주시니, 내 참으로 감사하기만 하오.”
　장운은 연무장 천막을 하나도 빼놓지 않고 다 돌아다녔
다.
　그 도중에 술을 권하는 자가 있으면 술을 받았고, 송축을
올리는 자가 있으면 진심으로 그 마음에 감사를 표했다.
　무림맹은 한정된 공간이라 사람을 제한 없이 수용하진 못

했다.

그리고 그것은 누구나가 다 알고 있는 사실이었다.

때문에 무림맹은 큰 행사가 있을 때마다 배분과 지위, 그리고 신분에 따라 사람들의 처소에 차등을 둘 수밖에 없었고, 사람들 또한 그것을 당연하게 받아들였다.

그러나 장운은 항상 그 사실을 마음에 걸려 했다.

그리고 그 마음을 이렇게 무림맹 곳곳에 있는 사람들을 찾아 일일이 인사를 나눔으로써 조금이나마 덜어내는 것이었다.

인의(仁義) 맹주.

세상 사람들이 운을 부를 때 운룡검이란 별호 외에 또한 그를 그렇게 부르는 것은 다 그의 마음 씀씀이가 어질고 자상하고 너그러웠기 때문이었다.

＊　　　＊　　　＊

"섭섭하세요?"

"무엇이 말이오? 아, 어제 일 말이오? 허허, 신경 쓰지 마시오. 내 다 잊었소."

"아뇨, 그 일 말구요."

연회가 끝나고 대부분의 사람들이 빠져나간 무림맹.

맹주의 침소에선 장운과 남궁설이 모처럼 한 이불 속에 누

終　293

워 도란도란 이야기꽃을 피우고 있었다.

지금껏 사십 년이 넘게 살았다.

젊어 아름답던 얼굴들은 세월의 무게를 고스란히 안고 있었고, 비록 나이에 비해 젊다하나 그래도 그들은 칠순의 노인들이었다.

하지만 한 이불 아래에서 서로를 바라보는 눈빛은 사십 년 전이나 지금이나 별반 차이가 없었다.

무림의 모든 이가 부러워하는 이상적 부부상을 이 노부부는 세월이 지나도 잃지 않고 있었다.

"섭섭⋯ 하시죠?"

남궁설의 물음에 장운은 대답을 하지 않았다.

새삼스러운 일은 아니었다.

간간이 들리는 소식에 그가 살아 있음은 알았지만, 그와의 교류가 끊어진 지는 벌써 십여 년이 훌쩍 넘어가고 있었으니 말이다.

그러나 다른 날도 아니고 하나밖에 없는 동생의 고희마저 코빼기도 안 비치고 넘어간다는 것에 솔직히 마음이 상한 부분이 있기는 했다.

"잠시 바람 좀 쐬고 오리다."

자리에 누웠던 장운이 몸을 일으키고는 의관을 챙겼다.

답답하고 섭섭한 마음이 그를 편안한 잠자리에서 일어나게 만든 것이었다.

내색은 안 했지만 은근히 얼굴 보길 기대했는데, 그 잘난 형이란 작자는 결국 나타나지 않을 모양이었다.

중원 전체가 그에게 축하를 보냈다.

그러나 정작 축하받고 싶은 사람에게선 연락이 없다.

장운은 천천히 내실 밖을 나서며 별 밝은 밤하늘을 올려다 보았다.

*　　　*　　　*

이야기 둘

시절이 태평성대라 하나 모두가 행복을 누리지 못함은 세상의 원래 이치가 그러하기 때문일까?

아이는 길가에 혼자 앉아 있었다.

거지인 듯 더러운 얼굴에 꾀죄죄한 몰골을 한 소년은 앙상한 몸으로 햇볕 잘 드는 자리에 앉아 지나가는 행인들을 멍하니 보고 있었다.

사람들이 오가고, 해가 중천에 이르렀다.

다시 사람들이 오가고, 해는 서쪽으로 지고 있었다.

유달리 붉은 노을이 서녘 하늘을 가득 빛내는 저녁, 그때까지도 소년은 조금의 움직임도 없이 그 자리에 가만히 앉아 있기만 했다.

終　295

사흘을 굶었다.

그래도 며칠 전까지는 이런저런 일을 하며 끼니는 때울 수 있었는데 짧아지는 겨울 해처럼 줄어드는 일거리에 마침내 사흘 전부터 소년의 일거리가 끊어진 것이었다.

홍수로 부모를 잃고 홀로 세상에 버려졌다.

열 살 어린 나이에 버려진 세상은 작은 아이가 살아가기엔 너무 메마르고 냉혹했다.

아이는 살기 위해 애를 썼다.

어린아이라 따로 할 수 있는 것이 없어 혹독한 시련을 겪어야 했지만, 그래도 제법 똑똑한 구석이 있어 제 앞가림은 그럭저럭 해냈었다.

그런데 날이 추워지면서 아이의 삶에도 한계가 왔다.

일이 있으면 먹고, 없으면 흐르는 시내로 배를 채우며 어찌어찌 살아왔다.

하지만 차가워진 날씨에 갈 곳 없는 아이는 그나마 있던 일거리마저 끊어지며 이렇게 홀로 굶주리고 있었다.

밤이 되자 빛마저 사라진 어둔 길은 작은 아이가 몸을 데울 공간 하나 보이지 않았다.

추워 온몸을 웅크리고 체온을 지켜보려 했지만, 사흘 굶은 몸엔 아이의 몸을 데워줄 영양분이 남아 있지 않았다.

'엄마……'

감긴 눈으로 엄마의 얼굴이 보였다.

　가난했지만 행복했던 날들.

　이렇듯 추운 날이면 방 한쪽에 옹기종기 모여 서로의 체온을 나누며 밤을 보냈었는데.

　지금은…….

　아이는 잠이 들었다.

　언젠가부터 내리던 눈이 자신을 덮고 있는 줄도 모르고, 아이는 너무도 평온한 얼굴로 잠에 빠져 있었다.

　파리하게 변해가는 얼굴색은 흰 눈을 닮아 차고 시려 보였지만, 눈옷을 입은 아이는 영원한 꿈속으로 들어가고 있었다.

　노인은 아이를 안아 들었다.

　눈을 털고 체온을 나누어주며 작고 가벼운 아이의 몸에 생기를 불어넣었다.

　“엄마…….”

　노인의 품을 파고들며 아이가 엄마를 찾았다.

　노인은 말없이 아이를 가만히 안아주었다.

＊　　＊　　＊

　아침 햇살의 밝음에 아이는 눈을 떴다.

　분명 길거리에 앉아 저도 모르게 잠이 들었었는데 깨어보니 낯선 방 침상 위에 누워 있었다.

“깼느냐?”

들리는 목소리에 고개 돌려보니 흑의를 입은 노인 하나가 자신을 보고 있었다.

“누구… 십니까?”

천성이 차분한 아이인 듯, 보통 같으면 놀라 울기라도 해야 할 상황이건만 아이는 차분하게 일어나 앉으며 노인의 정체를 물었다.

“내가 누구냐는 것보다는 우선 이것이 더 급한 일 같은데.”

노인이 탁자 위에 놓여 있는 음식을 가리키며 아이에게 식사를 권했다.

꿀꺽.

침이 넘어갔다.

금방 일어난 몸인데도 사흘을 고팠던 배는 음식을 원했다.

“보아하니 끼니를 거른 것 같아 내 준비한 것이다. 이리와 먹어봐라. 내 먹어보니 맛은 좋더구나.”

노인이 다정한 미소를 지으며 아이에게 맞은편 자리를 가리켰다.

“꼭 갚겠습니다.”

분명 주린 배인데, 아이는 음식에 손을 대지 않고 감사를 먼저 전했다.

이제 겨우 열 살.

그 어린 나이에 아이답지 않은 행동을 하는 소년을 보며 노인은 미소를 지으며 고개를 끄덕였다.

"그래, 알겠으니 어서 먹도록 하려무나."

"그럼 감사히 먹겠습니다."

아이가 천천히 손을 내밀어 밥공기를 잡았다.

처음 조금씩 조심스럽게 밥을 먹던 아이는 어느 순간 밥풀을 입가에 묻혀가며 정신없이 밥을 먹고 있었다.

"천천히 먹도록 해라. 여기 물도 마셔가며."

노인은 자신의 식사는 잊은 채 아이의 식사를 도왔다.

물을 마시고, 밥을 입에 넣고, 불룩 솟아오른 볼 안으로 다시 반찬을 넣고.

아이는 그렇게 사흘 만에 첫 끼니를 먹을 수 있었다.

―먹겠느냐?

목소리가 들려왔다.

―따라가겠느냐?

그리고 다시 목소리가 들려왔다.

'할아버지……'

終　299

흑의 노인은 그렇게 누군가를 떠올렸다.

자신을, 동생을, 그리고 자신의 사형을 그 다정하고 다감한 목소리로 챙겨주었던 사람.

노인은 아이를 바라보았다.

저도 모르게 입가에 미소가 맺혔다.

그리고 괜히 뜨거워지는 눈자위. 노인은 그렇게 웃으며 한참을 아이의 얼굴을 바라보고 있었다.

*　　　*　　　*

마지막 이야기

"잘 지냈냐?"

곁에서 들려오는 목소리에 운이 짜증을 버럭 냈다.

"너 같으면 잘 지냈겠냐?"

"그럼 못 지냈단 말이야? 그 얼굴이?"

"그래! 잘 먹고 잘 살았다. 됐냐?"

맹주의 근엄함도 인의 맹주의 인자함도 운의 얼굴에선 보이지 않았다.

젊은 날 서로 다투고 서로 싸우던 그때처럼 운은 막말에 욕을 섞어가며 풍을 다그쳤다.

"체통은 어디다 팔아먹고?"

"체통 같은 소리하고 있네. 십 몇 년 만에 나타나서 고작 한다는 소리가 그거냐?"

"잘 지냈냐고 물었잖아."

"개뿔."

백발에 주름 잡힌 얼굴의 두 노인은 한참을 다투었다.

검과 도만 오가지 않을 뿐이지 맹주 주변에 있던 호위 무사들이 기파에 놀라 뒤로 물러설 만큼 둘의 기 싸움은 장난이 아니었다.

"애들 놀란다."

"그건 신경이 쓰이냐?"

"삐쳤지?"

"나이가 얼만데."

"에이, 삐쳤구만."

"아니거든?"

풍의 얼굴에서 차츰 주름이 사라졌다.

운의 얼굴 또한 주름이 사라졌다.

하얗던 머리가 검게 변하고, 그렇게 둘은 다시 청년이 되었다.

젊은 날. 아팠으나 싱그러움이 있던 그때저럼 둘은 머리를 조르고 옆구리를 때리며 바닥을 뒹굴었다.

흙에 옷이 더러워져도, 짓눌린 화초에 옷에 물이 들어도, 둘은 뒹굴며 다투기를 멈추지 않았다.

終　301

풍도 운도 신경 쓰지 않았다.

중요한 것은 자신들의 마음, 그것이었기 때문에.

소리치고 고함쳤다.

누가 듣든 말든 신경 쓰지 않았다.

한참을 더 싸웠고, 둘은 서로를 마주 보며 웃음을 터뜨렸다.

"생일 축하해."

"선물은?"

"나."

"지랄."

두 사람은 나란히 바닥에 누워 하늘을 바라봤다.

기분 탓일까? 유달리 맑은 밤하늘이 흑옥처럼 맑게 빛나고 있었다.

머리가 헝클어지고 곳곳에 풀 조각이 묻어 있었지만 둘은 그 사실을 몰랐다.

형이 있고, 동생이 있었다.

그것으로 족했다.

그 외 다른 모든 것은 이 순간만큼은 그 의미를 잃었다.

부질없는 것들.

둘은 서로의 얼굴을 보고 있다는 것만으로 충분히 행복했다.

"불편했어."

운이 다시 입을 열었다.

"난 이렇게 좋은 자리에서 편하게 지내는데 형은 여전히 떠돌고 있으니 마음이 정말 편하지 않았어."

"내가 좋아서 하는 일이야. 신경 쓸 것 없어."

"잘 때도, 밥 먹을 때도, 옷 입을 때도. 언제나 그랬어. 음식이 조금만 푸짐해도, 옷이 조금만 화려해도, 형 생각에 마음이 편치 않아 먹지도 입을 수도 없었어."

운은 풍이 천하를 떠돌아야 하는 것이 가슴 아팠다.

숨어버린 백가의 흔적을 좇아 평생을 떠돌고 있는 형을 생각하면 하루에도 열두 번씩 머리가 쭈뼛 섰다.

그래서 운은 화려할 수 없었고, 소박하고 또 검소해야 했다.

그러나 그것조차 마음에 들지 않는 것이 운의 마음.

그래서 함께 있는 이 순간이 좋았다.

적어도 같은 공간에서 같은 생을 살고 있다는 것이 그래서 기뻤다.

그래서 아쉬웠다.

"얼마나 남았을까?"

"뭐가?"

"우리 남은 목숨."

"글쎄."

"십 년은 더 살려나?"

풍과 운이 고수지만, 명은 하늘의 영역이다.

줄어드는 수명은 천하를 덮고도 남을 내공으로도 막을 수 없다.

"그만하고 돌아와. 이젠 쉴 때도 됐어."

"안 그래도 그럴까 싶어. 의무감에 수십 년을 떠돌았지만 나 혼자 힘엔 한계도 있고."

"잘 생각했어."

운이 진심으로 풍의 결심을 반겼다.

"근데 그거 아냐?"

"뭐?"

"조만간 천하는 엄청난 겁란에 빠질 거야."

"무슨 소리야?"

"누구도 막지 못해. 백가가 천하에 남아 그 뿌리를 이어가는 한, 그 일은 누구도 막을 수 없는 현실이 될 거야."

풍은 느끼고 있었다. 마침내 때가 도래하고 있음을.

막아보려 수십 년을 발버둥 쳤지만, 섭리를 거스를 수는 없었다.

"천하의 주인이 바뀔 거야. 수많은 사람이 죽어갈 거고. 천하가 백가를 버리지 못하는 한, 적도의 세상은 언제고 이 땅을 찾아올 거야. 그것은 중원의 종말. 그러나 그것은 또한 새로운 시작이 될 거야."

풍의 말은 그것으로 끝이었다.

더 이상 아무런 말도 없이 그저 밤하늘만 바라보았다.

운이 풍을 보았다.

풍 또한 운을 바라보았다.

둘의 눈이 마주치자 풍이 환하게 웃었다.

주름이 생기고 머리가 하얘졌다.

청년이 되어 밤을 노닐던 풍과 운은 다시 현실이라는 세상으로 돌아와야 했다.

"잘 지내."

"너도."

"죽기 전엔 보겠지?"

"아마도."

"그럼 됐어."

할 말은 많았다.

하지만 더 이상의 말은 없어도 괜찮았다.

나이에 맞지 않는 가슴의 떨림이 풍과 운의 마음을 촉촉이 젖어들게 만들었지만, 그것은 그것대로 나쁘지 않았다.

"간다."

"그래."

운을 보고 손을 흔들던 풍이 천천히 등을 돌렸다.

그리고 걷는 걸음 따라 신형이 흐려지고 마침내 풍의 모습이 완전히 사라졌다.

'잘 가. 형.'

운은 빈 공간을 보며 손을 흔들었다.
비록 풍은 가고 없었지만, 그의 흔적은 남아 있었다.
그러면 된 것. 그러면 된 것이다.

『낭왕 귀도』 완결

무 정 철 협

월인 新무협 판타지 소설

FANTASTIC ORIENTAL HEROES

「두령」, 「사마쌍협」, 「장홍관일」의 작가 월인
2013년 벽두를 여는 신무협이 온다!

삭초제근(削草制根)!
일단 손을 쓰면 뿌리까지 뽑아버렸다.

무정(無情)!
검을 들면 더 이상 정을 논하지 않았다.

그래서 나는 무정철협이 되었다.

진정한 협(俠)을 아는가!
여기 철혈의 사내 이한성이 있다!

「무정철협」

Book Publishing CHUNGEORAM